Liefde Sonder Perk

Wilmarí Jooste

Outeur: Wilmarí Jooste
Voorbladontwerp: Ria Richards

Geset in Franklin Gothic 12pt

LAPA Uitgewers (Edms.) Bpk
Eerste uitgawe, eerste druk 2001
Grootdrukuitgawe, eerste druk 2002

ISBN 9798846247703
Malherbe Uitgewers: Eerste Uitgawe 2022

Uitgegee en gedruk deur
Malherbe Uitgewers

Hoofstuk 1

Drian wikkel sy skouers 'n paar maal waar hy agter die stuur van sy bakkie sit om die spanning daaruit te laat verdwyn. Dis 'n goeie soort spanning, meegebring deur opwinding omdat hy weet dat hy nie verder wil gaan nie. Reeds 'n paar kilometer terug het hy op 'n grondpad afgedraai, en hier tussen die klowe wil hy nou vir hom 'n kampeerplek kry.

Sy oë dwaal oor die ruigtes en doringbome, so eie aan die Laeveld en hy steek sy kop deur die venster om die geur van die veld in te asem – die geur van vryheid. Toe hy sy kop terugdraai, is daar 'n hond voor hom in die pad.

Sy reaksie is instinktief. Hy skop die remme hard vas, maar sy voet trap 'n lugleegte oop tot waar die pedaal die vloer tref sonder dat die voertuig enigsins reageer. Drian pluk aan die stuurwiel en kom met 'n slag teen die rotswand langs die kant van die pad tot stilstand. Sy kop ruk vorentoe en tref die stuurwiel so hard dat hy letterlik sterretjies sien.

Vir 'n oomblik voel alles donker om hom en sy ore suis. Hy spook desperaat om 'n greep op sy bewuste te probeer bebou terwyl hy voel hoe die wêreld dreig om om hom toe te vou. Die laaste wat hy hoor, is klapgeluide met 'n onegalige ritme, dan is dit stil.

Tessa Rossouw pluk haar perd in en spring uit die saal. Sy hardloop na die bakkie toe wat skeef in die pad gedraai staan. Haar hart klop benoud toe sy die man vooroor teen die stuurwiel sien lê. Sy steek haar hand uit en raak versigtig aan hom, en sug dan verlig toe die blonde kop effens draai en hy liggies kreun.

"Haai! Is alles reg? Het jy seergekry?" wil sy bekommerd weet toe hy stadig begin beweeg.

Drian spook weer sy oë oop en dwing sy kop orent, maar hy sukkel vir 'n paar sekondes om te fokus. Toe hy sy oë 'n paar maal geknip het en nog steeds die beeld voor hom sien, wonder hy of hy sy kop so hard gestamp het dat hy dalk besig is om te yl.

"Dit pas nie," mompel hy en knip weer sy oë.

Tessa kyk in die blouste paar oë wat sy nog ooit gesien het, al kyk hy na haar asof hy sukkel om haar in die regte perspektief te plaas. "Wat pas nie?" vra sy benoud en kyk vinnig na die wond teen sy voorkop waaruit bloed sypel.

"Ek vóél nie dood nie, maar ek moet wees as hier 'n engel by my is."

Sy glimlag verlig. "Ek's nie 'n engel nie en jy is nie dood nie, maar jy kon maklik gewees het nadat jy so goedsmoeds in die rotse ingefoeter het. Wat het jy aangevang?"

"Vir 'n hond probeer uitswaai omdat my remme nie gewerk het nie. Waar kom jy so vinnig vandaan? Was dit jóú hond?"

"Nee, dit was seker maar 'n rondloperhond. Maar dis baie onverantwoordelik om sonder remme rond te ry, veral nog as jy 'n karavaan sleep," tik sy hom streng op die vingers. "Jy het seergekry. Jou voorkop bloei."

Haar vingers streel koel, sagte strepies oor sy vel. Drian sug, leun agteroor en maak weer sy oë toe.

"As jy nie 'n engel is nie, wie is jy dan?"

"My naam is Tessa Rossouw en ek is 'n dokter. Ek gaan nou die deur oopmaak om te kyk of jy nog êrens seergekry het. Dink jy jy sal kan uitklim as ek jou help? Jy sal dalk eers 'n bietjie duiselig voel."

"'n Dokter in die middel van die bos? Dit klink te goed om waar te wees. Miskien is ek werklik besig om te yl."

Haar lag klink soet op en Drian lig weer sy kop op om na haar te kyk. "Jy het sproete op jou neus en jou hare is in twee vlegsels. Jy lyk nie soos 'n dokter nie."

"Ek lyk soos 'n dokter wat goed gebruik maak van 'n welverdiende paar rusdae. Kom ek help jou nou eers uit die bakkie uit."

"Jy is te jonk om 'n dokter te wees. Ek wéét, want ek is self 'n dokter."

"Is jy?" vra sy verras. "Regtig?"

Haar oë soek na tekens van spot op sy gesig, maar hy lyk doodernstig.

"Regtig," beaam Drian plegtig en knik sy kop, maar die beweging laat hom kreun.

Tessa maak die deur langs hom oop en buk oor hom. Laat ek sien of jy nog beserings buiten die hou teen jou kop het. Wat is jou naam?"

"Drian Malherbe. Ek dink ... ek is nog in een stuk, maar ek gaan 'n bielie van 'n hoofpyn hê. Gelukkig het ek hoofpynpille agter in die karavaan."

Die gedagte aan sy karavaan is genoeg om Drian momenteel van die hou teen die kop te laat vergeet. Hy probeer agtertoe kyk. "Is my karavaan nog hier? Is hy nog op sy wiele?" wil hy bekommerd weet.

"Ja, jou karavaan het beter daarvan afgekom as jy. So op die oog af, in elk geval. As jou goed binne nie reg gepak was nie, kan daar dalk chaos wees as jy die deur oopmaak.

"Kom, klim nou uit dat ons kan sien wat daar vir jou gedoen kan word."

Drian klim versigtig uit die bakkie en hou aan die deur vas om regop te bly. Tessa rek op haar tone en druk 'n skoon sneesdoekie teen sy voorkop vas nadat sy die blonde kuif uit die pad gestoot het.

"Hou dit daar vas sodat die bloed uit jou oë kan bly. Dit lyk darem nie te diep nie. Jy sal nie steke nodig hê nie. Hoe voel jy andersins?"

"Bewerig, maar verder nie te sleg nie. Is daar baie skade aan my bakkie? Sal ek verder kan ry?"

Tessa stap om die voorkant van die voertuig om te kyk wat die skade is. Sy skud haar kop. "Dit lyk nie te erg nie. Die wiel is pap, maar as ons dit omruil, behoort jy die huis te haal."

"Die huis?"

"My huis is hier naby," sê Tessa. "As ek die wiel omgeruil het, sal ek jou soontoe neem om seker te maak dat jy werklik nie seergekry het nie."

"Ek sal self die wiel omruil."

"Moenie hardkoppig wees nie. Jy kan skaars op jou voete bly. Gaan sit nou. Ek kán 'n wiel omruil." Tessa kom tot by hom en dwing hom met haar hand terug tot op die sitplek, en Drian het net nie genoeg krag om teë te stribbel nie.

"Is jy seker?" wil hy nogtans weet.

"Natuurlik. Ek het op die plaas grootgeword en enige plaasmeisie kan wiele omruil."

Drian laat haar maar begaan. Hy laat sak sy kop agteroor en maak sy oë toe terwyl sy besig is om die wiel om te ruil. Sy staan na 'n rukkie op om haar handewerk te betrag.

Drian hou haar gefassineerd dop toe sy om die bakkie se voorkant stap. Haar rug is fier en regop en skep 'n vals beeld van lengte, maar die twee goudbruin vlegseltjies dra daartoe by dat sy niks ouer as 'n tienerdogter lyk nie.

"Ek is klaar. Ek gaan nou my perd huis toe stuur, dan bestuur ek jou bakkie verder. Skuif solank oor na die passasiersitplek toe."

Drian kyk hoe sy wegstap en die perd wat rustig eenkant staan, 'n ligte klap op die boud gee. "Huis toe, Sheba," beveel sy en die perd huiwer nie om haar bevel uit te voer nie. Met 'n sagte runnik begin hy weggallop.

Tessa draai om en kom terug bakkie toe. "Skuif oor."

"Jy kan nie die bakkie bestuur nie. Om een of ander rede is daar nie 'n aks remme nie."

Tessa lag sy kommer weg. "Dan het jy nie moedswillig sonder remme gery nie? Jy kan maar ontspan. Ek het jou gesê ek is 'n plaasmeisie. Moenie bekommerd wees dat ek jou óf jou bakkie verder sal verniel nie. Skuif nou oor, dokter Malherbe. Jy behoort te weet dat jy nie verder kan bestuur na so 'n hou teen jou kop nie."

'n Paar geelbruin oë waarsku Drian om nie met haar te probeer redeneer nie en hy skuif oor om vir haar plek agter die stuurwiel te maak.

"Ek kan begin glo dat jy 'n dokter is. Jou pasiënte sal nie waag om jou bevele te ignoreer as jy met só 'n kwaai stem met hulle praat nie."

"Ek het nie nodig om met 'n kwaai stem te praat nie. My pasiënte is almal kinders en is baie makliker om mee te werk as mans byvoorbeeld."

"Dan is jy 'n pediater? Hier tussen niks en nêrens?"

Sy bring die bakkie in beweging en stoot versigtig tru terwyl sy die karavaan behendig manipuleer. Ten spyte van die feit dat daar geen remme is nie, kom sy goed oor die weg met net die handrem en Drian ontspan toe hy sien dat sy weet wat sy doen.

"Ja, ek is 'n pediater, maar my praktyk is in Johannesburg," antwoord sy hom uiteindelik. "Ek kom maar net vir 'n paar wegbreekdaggies op 'n slag plaas toe. Ek is nie werklik 'n stadsmens nie, en ek mis die veld en die vryheid van die natuur."

Dit kan Drian verstaan, want is hy nie juis self nou opsoek na daardie selfde vryheid nie? Sy uitdrukking versomber toe hy onthou wat hy agtergelaat het.

"Wat is fout? Het jy êrens seer?"

Hy glimlag gerusstellend na haar kant toe. "Nee. Ek dink maar net aan die stadsoerwoud waaruit ék weggevlug het. Ek kom van Kaapstad af."

"Dan is jou behoefte aan vryheid werklik groot. Jy het 'n ver pad gekom. Waarheen gaan jy?"

"Ek was op pad na nêrens, en ek het so pas voordat ek in daardie rots vasgery het, gedink ek het daar uitgekom."

Tessa is vinnig van begrip. Sy woorde, die karavaan en die stremmingslyne op sy gesig wat net deur spanning veroorsaak kan word, vertel elk 'n deel van die storie.

"Wou jy hier in die veld kom uitkamp het?"

"As ek die baas van die plaas kan opspoor, ja."

"Jy het. Die grond behoort aan my, en as jy stilte en vrede soek, weet ek van net die regte plek waar jy dit sal kry. Maar ek sal dit vir jou gaan wys nádat ek oortuig is daarvan dat jy niks van jou ongeluk oorgehou het nie."

Drian frons. "Jy ken my van geen kant af nie. Hoe kan jy sommer net so aanbied dat ek op jou grond kan bly sonder dat jy iets van my af weet?"

"Ek het genoeg mensekennis in my beroep opgedoen om te weet wanneer ek iemand kan vertrou. Jou oë vertel my dat jy 'n mens is wat werklik na rus en vrede smag. Jy het dit nodig, soos medisyne vir jou siel."

Daarteen kán Drian nie stry nie. "En jy gaan my help om dit te kry?" wil hy weet.

"Ek kán jou help om dit te kry – as jy belangstel."

Hy glimlag en ontspan weer teen die sitplek. "Ek stel baie belang, dankie, dokter Rossouw."

Toe hulle voor Tessa se huis stilhou, lig hy weer sy kop op. "Daar is nie iemand hier wat ongelukkig gaan voel omdat jy 'n vreemdeling by die huis aanbring nie?"

Sy glimlag gerusstellend. "Dis net ek wat hier bly. My ouers is so 'n raps meer as 'n jaar gelede kort na mekaar oorlede, dus is dit net ek wat in die huis woon. My plaasbestuurder woon so 'n kilometer hiervandaan."

"En jy is nie bang om so alleen hier te bly nie?"

"Nee wat. Ek is net af en toe hier, en ek kan enige tyd met Braam in verbinding tree as ek hom nodig het."

"Braam?"

"My plaasbestuurder. Maar kom, ek wil jou in die huis kry dat ek jou deeglik kan ondersoek."

"Dit sal nie nodig wees nie," verklaar Drian hardkoppig. "Maar ek sal dankbaar wees as ek onder 'n stort kan kom. Warm water sal net die regte ding wees om my weer soos 'n mens te laat voel."

"Jy is welkom. Kan ek jou help om skoon klere of iets uit die karavaan te haal?"

"Nee, dankie, ek sal regkom. Jy het al klaar meer vir my gedoen as wat jy ooit sal besef. Ek het 'n blaaskans werklik nodiger as enigiets anders."

'n Breë glimlag sprei oor haar gelaat. "Dan is ek bly ek kon jou help."

Tessa wag vir Drian terwyl hy skoon klere uithaal en sy sien dat hy oor sy skouer vryf toe hy uit die karavaan klim. Sy neem hom in die huis in en wys hom waar die badkamer is.

"As jy klaar gestort het, sal ek die plek op jou voorkop behandel. En moenie dadelik jou hemp aantrek nie. Ek wil sommer na jou skouer ook kyk."

Toe sy die deur agter haar toetrek, stroop Drian stadig sy klere van sy lyf af. Sy skouer belemmer nie werklik sy bewegings nie, maar elke beweginkie herinner hom hard en duidelik daaraan dat hy 'n kwaai stamp daar weg het.

Hy draai die warm water oop en stap onder die stroom in. Die water werk soos kitsterapie om die spanning uit sy liggaam te laat spoel. Al het sy vakansie op 'n minder goeie noot weggespring, het hy nie regtig rede om te kla nie. Hy het 'n plek van rus en vrede gevind, waar hy die beste van elke oomblik gaan maak. Vryheid vir drie volle maande.

Terwyl hy besig is om te stort, berei Tessa vir hulle 'n ligte middagete voor. Haar gedagtes bly om Drian Malherbe maal. Sy kan nie stry dat die blonde blouoog-dokter van Kaapstad baie aantreklik is nie ... en dat sy hom graag beter sal wil leer ken nie.

Sy is nog besig met die kos toe Drian by haar in die kombuis aansluit. Hy snuif behaaglik in die lug en sy glimlag oor haar skouer vir hom.

"Jy lyk heelwat beter as 'n rukkie gelede. Ek is amper klaar hier, dan kan ons gou na jou wond kyk."

"Dis niks wat 'n pleister nie sal kan regmaak nie," antwoord Drian. Hy hang sy hemp oor 'n stoel se leuning en sit sy selfoon en beursie op die kant van die tafel neer.

Terwyl Tessa voor die stoof doenig is, kyk hy ingedagte na haar. Die langbroek wat sy aanhet, sit knus om haar heupe en steek nie 'n sentimeter van haar skraal figuurtjie weg nie. Die bloes, daarenteen, val net sag genoeg om haar bolyf om te verraai dat sy genoeg vroulike kurwes het om 'n man se oog te vang. Maar tog is sy alleen hier op die plaas en klaarblyklik tevrede daarmee. Of sou daar iemand in Johannesburg wees wat aanspraak op haar het? wonder hy.

"Die kos is klaar. Kom ek kyk eers gou na jou kop en maak seker dat jou skouer nie seerder gekry het as wat ons dink nie, dan kan ons eet."

Drian skuif effens rond toe sy oor hom buk en die plek aan sy voorkop met 'n ontsmettingsmiddel skoonmaak.

"Brand dit?"

"H'm, nee." Drian se aandag is egter glad nie by haar hande wat die wond behendig versorg nie. Haar nabyheid terwyl sy so oor hom buk, laat hom veel meer ongemaklik voel as die ontsmettingsmiddel. Hy sug verlig toe sy orent kom.

"So ja. Laat ek nou net gou na jou skouer kyk." Haar wenkbroue skiet omhoog toe sy die merk teen sy linkerbors sien.

Drian sien dit. "Voordat jy iets sê: dis net 'n geboortevlek. Een waaroor ek baie spot moes verduur in my skooldae. Ek is nie so simpel om 'n hartjie teen my bors te laat tatoeëer nie," waarsku hy toe hy die tergliggies in haar geelbruin oë hier digby hom sien.

"Ek het niks daaroor gesê nie, het ek?"

"Nog nie, maar jy wou. Ek kon dit aan jou gesig sien," beskuldig hy.

Tessa lag vir hom. "Nee, ek het gesien dis 'n geboortevlek. Maar ek sal darem nie stry dat dit 'n besonderse merkie is nie."

Sy sit haar linkerhand op sy skouer en vou haar ander hand om sy arm. "Lig op ... Is dit seer?"

"Nee, dit voel net 'n bietjie styf," antwoord Drian terwyl hy na haar hand op sy skouer kyk. Sy dra geen ring aan haar vinger nie. Maar dit sê nie werklik iets nie, dink hy wrang.

"H'm, Ek glo nie jy het iets daar seergemaak nie, maar jy gaan môre blou wees. Kyk, jou vel begin klaar effens verkleur hier."

"Ja. Ek dink ek het hom net gekneus toe ek vorentoe geval het."

"Laat ek net 'n smeermiddel gaan haal. Dit sal help dat jou spiere nie so seer sal wees nie."

"Nee, dankie, dit sal nie nodig wees nie. Ek sal hom self vanaand smeer voordat ek gaan slaap." Drian staan vinnig op en tel sy hemp op.

Tessa trek haar skouers op. "Soos jy verkies. Ons kan seker maar gou eet? Ek hoop nie jy gee om dat ons sommer hier in die kombuis eet nie. Die eetkamertafel is so groot en ongesellig."

"Natuurlik gee ek nie om nie." Terwyl hulle eet, vra Drian haar uit na haar praktyk in Johannesburg, en die gesprek tussen hulle bly lig en opgewek.

Na ete staan hy op. 'n Huishulp kom in en begin die kombuis opruim.

"Sal jy my beduie waar ek kan gaan kamp?"

"Is jy seker jy sal self kan bestuur?" vra Tessa onseker. Tot nou toe het Drian Malherbe haar leiding aanvaar omdat hy nie homself gevoel het na die ongeluk nie, maar nou kan sy aanvoel dat hy hom nie meer so maklik gaan laat voorsê nie.

"Natuurlik."

"In daardie geval sal ek voor jou uitry met my perd. Jy sal nooit die plekkie kry wat ek vir jou in gedagte het as ek jou tot daar moet beduie nie. Ek wil in elk geval seker maak dat jy veilig daar uitkom."

Drian kan aan die manier waarop sy haar ken uitstoot, sien dat sy vasbeslote is om haar sin te kry, Hy trek sy skouers op en trek dan 'n gesig omdat hy vergeet het van sy seer linkerskouer. "Goed. Dan kan ons seker maar gaan?"

In die kombuis het Tessa Rossouw se nabyheid hom meer geraak as wat goed is, dink Drian, en hy is bly dat sy nie nou weer saam met hom in die bakkie ry nie. Om op 'n afstand na haar welgevormde figuurtjie op die perd se rug te kyk, is al erg genoeg. Hy is juis hier om antwoorde vir sy deurmekaar siel te kom soek. Hy kan nie bekostig om nou nog meer probleme aan te vat omdat 'n wildvreemde meisie sy hormone deurmekaar jaag nie.

Hulle ry ver langs 'n rivier af totdat Tessa vir hom beduie hy moet stilhou. Sy spring rats van die perd af.

"Klim uit en kom kyk of dit is wat jy in gedagte gehad het toe jy besluit het om hier in die veld te kom uitkamp," nooi sy. "Oor vars water hoef jy jou nie te bekommer nie – hierdie rivier se water is silwerskoon."

Drian klim uit en stap nader aan haar. Eers toe hy langs haar staan, laat hy sy oë oor die omgewing dwaal.

"Dis pragtig. Sal ek hier kan visvang?"

"Soveel as wat jy wil. Hier is volop vis." Sy beduie hoër op. "En daar is 'n kuil. Dis 'n heerlike natuurlike swembad waar ek al menige ure deurgebring het. As jy só opstap, is daar selfs 'n hoë natuurlike duikplank van uitstaande rotse. Die water is diep genoeg om daarvandaan te kan duik."

Sy glimlag met diep kuiltjies op na hom. "My pa wou gereeld my velle afgetrek het as hy uitgevind het dat ek daarvandaan duik. Hy het selfs sovêr gegaan om my te verbied om ooit weer alleen te kom swem omdat ek altyd maar weer voor die versoeking geswig het."

Drian meet die afstand tussen die rotse en die water met sy oë. "Hoekom? Dit lyk tog nie só hoog nie."

"Dit is nie, maar daardie rotse kan seepglad wees, glo my. My pa het dit geweet en hy het altyd gevrees dat ek my nek sou breek. Ek was maar ietwat van 'n rabbedoe toe ek jonk was."

"Jonk wás?" wil Drian spottend weet.

Tessa gaan sit op 'n rots. Sy kyk oor haar skouer terug na hom. "Ek is darem al drie-en-dertig, dokter Malherbe – nou nie juis wat 'n mens meer 'n tienerdogter kan noem nie."

"Jy lyk dit nie," antwoord Drian eerlik verras en gaan sit langs haar. "Om die waarheid te sê, jy lyk nie 'n dag ouer as negentien nie, veral met die vlegseltjies en die paar verdwaalde sproetjies op jou neus. Maar dit is seker 'n onrealistiese gedagte as 'n mens jou kwalifikasies in gedagte hou."

"Dankie vir die kompliment. En jy?"

"Geen ekstra kwalifikasies nie. Net 'n gewone algemene praktisyn," verstaan Drian haar doelbewus verkeerd. Tog is daar iets in sy oë wat Tessa laat besef dat daar 'n verlange in hom is om méér te wees.

"Dis nie wat ek bedoel nie, en jy weet dit. Hoe oud is jy?"

"Ses-en-dertig."

"Dis nog jonk genoeg."

"Waarvoor?" wil Drian met opgetrekte wenkbroue weet.

"Om verder te gaan studeer. Dis iets wat jy graag sou wou doen, nie waar nie?"

Drian kyk weg. Daardie geelbruin oë van Tessa Rossouw kyk baie dieper as wat hy sou verkies. Hy het gedink om verder te studeer, is 'n droom waarvan hy al vergeet het, nou ruk sy dit oop en stoot dit reg tot op die voorgrond waar hy dit nie kan vermy nie.

Haar hand kom lê sag op sy arm.

"Ek is jammer as ek iets gesê het wat ek nie moes nie, Drian. Ek praat partymaal voordat ek dink."

"Maar jy is reg," erken hy mymerend. "Ek sou wat wou gee om verder te studeer, maar..."

Tessa wag dat hy verder moet praat, maar hy bly stil en staan op, die onderwerp duidelik afgehandel.

Sy gesig verraai niks van sy gedagtes toe hy afkyk na haar nie. "Dankie dat jy my genoeg vertrou om my hier op jou plaas te laat uitkamp."

Tessa staan op en stof haar sitvlak af. "Dis my plesier. Niemand sal jou hier lastig val nie. Ek sal vir Braam sê dat hy jou nie moet steur nie. Hy kom so af en toe in hierdie rigting om 'n oog oor Butch te hou."

"Butch?"

"Dis 'n ou boemelaar wat so 'n bietjie laer af sy tuisgemaakte tentjie opgeslaan het. Ek sê óú boemelaar, maar dit is hy ook nie werklik nie. Om die waarheid te sê, ek kan nie eers raai hoe oud Butch is nie, die een of twee maal wat ek hom gesien het. Hy pla nie 'n siel nie."

"Nog iemand wat medisyne vir die siel nodig gehad het?" terg Drian.

"Nee. Hy is bloot iemand wat die dwarskant van die lewe ervaar het. Hoekom sal ek hom nie 'n plekkie gun nie? Ek het meer as genoeg tot my beskikking."

"Die dwarskant? Ek dog dan jy sê jy weet niks van hom af nie?" wil Drian met geligte wenkbroue weet.

"Vroulike intuïsie. Sy gróótste plesier put hy blykbaar uit die koerante wat Braam gereeld vir hom neem. Volgens Braam verslind hy hulle met geesdrif. My logika sê vir my hy is dus nie net sommer 'n ongeletterde ou boemelaar nie."

"Jy is 'n besonderse mensie, Tessa Rossouw. Is jy geheel en al tevrede met jou lewe? Is daar werklik niks waarna jy smag nie?"

Sy glimlag en skud haar kop. "Nee. My ouers het my die regte waardes in die lewe geleer. Ek is regtig tevrede met my lewe soos wat dit in hierdie stadium is."

"Dan is jy gelukkig. Ek hoop dit bly altyd so vir jou." Hy steek sy hand uit en vang die een goudbruin vlegsel tussen sy vingers vas. Hy draai dit om sy hand en voel die sygladde tekstuur teen sy vel.

Tessa staan stil terwyl sy hand met haar hare speel. Haar hart klop onreëlmatig, maar sy probeer om nie te verraai watse gevoel Drian Malherbe se aanraking in haar losruk nie. Sy konsentreer op sy gesig, sien die hartseer in die besondere blou oë en wonder waaroor dit kan wees. Wat het met hierdie man gebeur dat hy so 'n diep ongelukkigheid met hom saamdra?

"Jou oë lyk byna soos Butch s'n," merk sy op. "Joune is net 'n baie meer intense blou." Maar dit het dieselfde verlorenheid, voeg sy in haar gedagtes by.

Vir 'n oomblik kyk hulle in mekaar se oë, veg elkeen van hulle 'n stille stryd teen die vreemde aantrekkingskrag wat tussen hulle is.

Dis Tessa wat eerste wegkyk. "Ek moet nou gaan. Braam gaan begin wonder of ek iets oorgekom het."

Drian laat los haar vlegsel en tree van haar af weg. "Ry versigtig terug."

Toe sy weg is, draai hy na sy karavaan toe om te begin kamp opslaan. Dit gaan maar stadig met sy seer skouer, maar hy hou uit. Geen seer kneusplek gaan hom van hierdie vreugde ontneem nie. Vir die volgende drie maande gaan hy vergeet van dokter Drian Malherbe, gaan hy net weer mens word. Hopelik vind hy weer iets van die mens wat hy smag om te wees in homself voordat hy teruggaan.

Hoofstuk 2

Tessa besluit om Sheba vrye teuels te gee huis toe. Dit neem baie korter om by die huis te kom as wat dit geneem het om Drian na sy kampeerplek toe te vat.

Nadat sy haar perd versorg het, stap sy huis toe om te gaan stort en hare was. Sy voel vars toe sy 'n halfuur later in die kombuis kom.

Sy het pas die ketel aangeskakel toe 'n selfoon in die vertrek lui. Op die tafel lê Drian se foon en beursie waar hy dit vroeër neergesit het. Huiwerig tel sy die selfoon op en druk die knoppie om die oproep te beantwoord.

"Hallo?"

Daar is 'n paar sekondes stilte voordat 'n fyn dogterstemmetjie nuuskierig vra: "Wie is jy?"

Tessa voel 'n laggie in haar keel opborrel oor die ongeveinsde, kinderlike nuuskierigheid. "My naam is Tessa. Wie is jy?" wil sy weet.

"Lindie Malherbe. Waar is my pappa?"

"Jou pappa?" Het Drian Malherbe dan 'n kind?

"Ja. Hoekom antwoord jy sy telefoon?"

"Wel, as jou pappa se naam dokter Drian Malherbe is, het jy beslis die regte nommer gebel, maar jy sal ongelukkig nie nou met hom kan praat nie."

"Hoekom nie?"

Tessa hoor die fyn bewing in die dogtertjie se stem wat duidelik verraai dat sy teleurgesteld is. "Wel, hy was vroeër vandag hier, maar hy het sy selfoon hier vergeet. Maar moenie bekommerd wees nie. Ek gaan dit nou vir hom neem, dan kan hy jou terugbel. Hy ken seker die nommer."

Lindie giggel skielik. "Ja, hy ken die nommer, want dis mos ons huis."

"Goed, Lindie. Hy sal jou dan binne 'n klein rukkie terugbel, hoor?" belowe Tessa die kleintjie.

"S-sal hy regtig?" wil sy nou weer met 'n bewende stemmetjie weet en Tessa kan hoor dat haar traantjies naby is.

"Is daar iets verkeerd by julle huis? Het jy seergekry? Waar is jou mamma?"

My mamma is in die tuin by haar kuiermense. Ek wou maar net vir my pappa sê dat ek na hom verlang, maar ek mag hom nie eintlik bel nie. Mamma gaan kwaad wees as sy weet ek het dit gedoen."

Dus is daar 'n mevrou Malherbe, dink Tessa verslae. Sou hulle dalk pas geskei het?

"Ek glo nie jou mamma sal kwaad wees nie. Bly maar net naby die telefoon, dan kan jy antwoord as hy bel. Goed so?"

"Okay."

"Tatta, Lindie," groet Tessa en skakel die telefoon af nadat Lindie die verbinding verbreek het.

Daar is 'n swaar en onverklaarbare gevoel van teleurstelling in haar binneste toe sy haar motorsleutels vat om Drian se selfoon en beursie vir hom te gaan gee.

Drian het pas die tent klaar opgeslaan toe hy die wit motortjie sien naderkom. Hy plant sy hande op sy heupe en wag dit fronsend in. Tessa het gesê dat niemand hom hier sal pla nie, maar blykbaar weet iemand van sy kampeerdery hier.

Die frons verdwyn en 'n glimlag kelk om sy mondhoeke toe die motor 'n paar tree van hom af tot stilstand kom. Hy stap nader en maak die deur vir Tessa oop.

"Dis 'n aangename verrassing," groet hy. "Of is dit die dokter in jou wat jou terugjaag hierheen om seker te maak dat ek alleen oor die weg sal kom?"

Tessa klim uit, maar daar is geen teken van haar vrolike glimlaggie van 'n rukkie tevore nie. Sy hou die selfoon en beursie na Drian toe uit. "Ek het net hierdie vir jou gebring. Jy het dit daar by die huis vergeet. Daar was 'n oproep vir jou. Dit was jou dogtertjie. Ek het belowe dat jy sal terugbel."

Die glimlag om Drian se mondhoeke verstil en sy oë se kleur verdiep van kommer. "Lindie? Is daar fout by die huis?"

"Sy het so hartseer geklink omdat jy nie beskikbaar was nie dat ek dit ook vir haar gevra het, maar blykbaar verlang sy net na haar pappa. Onthou, sy wag vir jou oproep."

Tessa mik om terug te klim in haar motor, maar Drian keer haar met 'n hand op die arm. "Moenie nou ry nie, asseblief. Laat ek net eers gou bel, dan gesels ons."

Sy wil weier, maar daar is iets in Drian se oë wat haar laat huiwer. Sy oë soebat haar om te bly, al praat hy nie 'n woord verder om haar te probeer oorreed nie.

"Ek ... Goed."

"Dankie. Wag solank vir my in die karavaan."

Tessa stap karavaan toe om Drian privaatheid te gee om sy oproep te maak. Die dun buitewande van die karavaan sny egter geen klank uit nie, en Tessa kan nie anders as om sy kant van die gesprek te hoor nie.

Sy hoor die vreugde in sy stem toe Lindie die telefoon beantwoord, hoe hy 'n tydsame gesprek met die kind voer oor alledaagse dinge wat vir haar so belangrik is: wat sy by die kleuterskool gedoen het, watse speletjies sy saam met haar maatjies gespeel het, en dan 'n waarskuwing om nie Buks se tergery ernstig op te neem nie. Boeties doen maar sulke dinge, troos hy.

Dus is Lindie nie die enigste kind nie, dink Tessa. Daar is nog 'n Buks ook wat sekerlik na sy pa verlang.

"Natuurlik is ek een van die dae weer terug by die huis," probeer hy Lindie gerusstel, maar verklap daardeur aan Tessa dat hy nie geskei is nie.

"Goed, laat ek dan met Mamma praat," hoor sy Drian sê en wag gespanne.

"Ek weet ek het belowe om nie te bel terwyl ek weg is nie, Chantelle, maar al het ons probleme, beteken dit nie ek kan vergeet van my kinders nie. Verwag jy dat ek haar oproep moes ignoreer?"

Chantelle het blykbaar baie daaroor te sê, want daar is 'n lang stilte waarin Drian net luister. Toe hy uiteindelik weer praat, is sy stem koel en beheers, al kan Tessa onderdrukte woede daarin hoor.

"Sy is die eienaar van die plaas waarop ek uitkamp en ek het my selfoon in haar huis vergeet."

Stilte.

"'Totsiens, Chantelle."

Tessa voel dodelik ongemaklik toe Drian by die karavaan inkom. "Ek kon nie help om te hoor wat jy gesê het nie. Ek is jammer dat ek jou in 'n ongemaklike situasie geplaas het omdat ek jou foon geantwoord het." Sy kom orent. "Miskien is dit beter dat ek gaan."

Drian bly in die deur staan en sy gesig lyk tam en moeg toe hy na Tessa kyk. Op daardie oomblik lyk hy jare ouer as bloot ses-en-dertig, dink sy.

"Moenie nou gaan nie, asseblief. Ek wil aan jou verduidelik wat aan die gang is."

"Jy het nie nodig om enigiets aan my te verduidelik nie, Drian."

"Miskien soek ek net na iemand wat sal luister."

Sy kyk weg en stoot haar ken uit, vasbeslote om nie in daardie slaggat te trap nie. "Ek wil nie na jou huweliksprobleme luister nie, Drian. Dis iets tussen jou en jou vrou. Ek wil nie hoor dat sy jou nie verstaan nie."

Dit lyk asof sy hom 'n hou in die wind gegee het. "Ek verstaan." Hy staan opsy sodat sy kan uitstap.

Tessa gee een tree verby hom en steek dan vas. "Is ... is jou dogtertjie nou meer tevrede omdat sy jou stem gehoor het?"

"Ek hoop so. Sy is 'n fynbesnaarde mensie en ons is baie na aan mekaar. My wegganery het haar onseker en bang laat voel. Sy weet nie wat om daarvan te maak nie."

"Hoekom hét jy dan weggegaan?" vra sy tog, ten spyte van haar voorneme om nie betrokke te raak nie.

"Juis ter wille van die kinders. Dit maak dalk nie vir jou sin nie, maar ek het die breek nodig gehad. Afstand om my krag te gee om Chantelle weer te probeer aanvaar."

Hy is dus nie van plan om te skei nie, besef sy. "Ter wille van die kinders? Is dit hoekom julle by mekaar wil bly?"

Drian steek sy hand deur sy hare en ploeg strepe met sy vingers daardeur, wat dit in 'n blonde warboel laat. "Ons móét weer probeer."

Tessa hoor egter wat hy nié sê nie. Dat daar geen liefde meer tussen hom en sy vrou is nie. Dat hulle by mekaar verby lewe, en dat daar geen vreugde in hulle samesyn is nie. Maar ook dat hy nie sonder sy kinders kan lewe nie. Hy wil nie net 'n deeltydse pa wees wat hulle elke tweede naweek en een vakansie per jaar sien nie. Hy wil betrokke wees by hulle daaglikse doen en late.

Toe Tessa niks sê nie, gaan Drian voort. "Die fout is nie net Chantelle s'n nie. Ons het net heeltemal teenoorgestelde belange. Daar is nie meer 'n band tussen ons nie ... niks behalwe die kinders nie. Ek twyfel in werklikheid of daar ooit 'n spesiale band tussen ons was."

"Hoekom het jy dan met haar getrou?"

"Om heeltemal die verkeerde redes. Haar pa was vir my iemand na wie ek opgesien het, 'n baie beroemde chirurg in Kaapstad, George Alexander. Hy was ook die superintendent van die hospitaal waar ek my hospitaaljaar gedoen het en daar het 'n besonderse vriendskap tussen ons ontwikkel, veral as gevolg van die manier waarop hy my bygestaan het toe ek albei my ouers in 'n motorongeluk verloor het.

"Hy het my gereeld na sy huis toe genooi en daar het ek Chantelle ontmoet. Ek was verblind deur haar skoonheid, dus was dit nie vir my moeilik om in te stem toe George my gevra het om met Chantelle te trou nie."

"Hy het jou gevra om met sy dogter te trou?"

"Ja. Hy was terminaal siek aan kanker en Chantelle was sy enigste kind en tot in die afgrond bederf. Hy was bekommerd oor wat van haar sou word as hy nie meer daar was nie.

"Kort na die troue is George oorlede. Met my aan haar sy om verder vir haar te sorg, kon Chantelle dit makliker verwerk. Sy kon aangaan met haar lewe soos wat sy dit geken het toe haar pa nog gelewe het. Maar ek kon myself nie vereenselwig met die druk sosiale program waaraan sy gewoond was nie. Daar was dinge wat ek eerder sou wou doen as om aand na aand na iemand wie se gesig ek skaars ken, se partytjie toe te gaan."

"Soos om verder te studeer?"

"Soos om verder te studeer," beaam Drian met 'n skewe glimlaggie.

"Maar daar was nooit meer tyd nie. Ek moes daardie droom van my op die agtergrond skuif en daarvan vergeet."

Tessa tree terug en gaan sit op die bankie buite die karavaan, maar Drian bly staan, sy rug teen die smal kosyntjie van die karavaandeur gestut. Hy vou sy arms oor sy bors en vryf ingedagte oor sy seer skouer.

"Jy dra nie 'n trouring nie," merk Tessa op.

Drian lig sy hand op wat onder sy regterarm deur oor sy ribbekas gevou is en kyk met 'n effense frons na sy ringlose vinger. "Al vir 'n paar jaar nie. Ek kry 'n uitslag aan my vinger wanneer ek dit dra, en dit is baie hinderlik."

Haar aandag net vir 'n oomblik vasgevang deur Drian se skraal doktershande, wil Tessa dan weet: "Het ... jou vrou nie 'n bietjie rustiger geword na die kinders se geboorte nie?"

Drian skud sy kop. "Toe Buks gebore is, het ek gedink dat sy meer tuis sou bly, maar 'n stil, huislike lewe was net nie vir haar nie. Sy het 'n voltydse kinderoppasser gehuur en kort voor lank het ons weer dieselfde druk sosiale program gehandhaaf.

"Met Lindie se geboorte het ek my voet neergesit." Hy glimlag. "Sy was so 'n klein ou dingetjie. Ek was skoon bang om aan haar te vat," onthou hy. "Ek kon dit nie verduur om te dink dat sy byna permanent in iemand anders se sorg sou wees, iemand wat bloot na haar sou kyk omdat sy betaal word om dit te doen nie. Maar dit het 'n groot verwydering tussen my en Chantelle veroorsaak – tot ek op die punt gekom waar ek besluit het om vir drie maande weg te gaan. Chantelle het dit nie te maklik aanvaar nie. Sy het my daarvan beskuldig dat ek nie my verantwoordelikheid teenoor haar wil nakom nie. Maar ek het dit nodig. Kan jy dit verstaan, Tessa?"

"Drie maande se vryheid voordat jy jou siel gaan verkoop," prewel Tessa.

Hy antwoord nie, maar die manier waarop hy na haar kyk, laat Tessa verstaan dat dit presies is hoe hy daaroor voel ... dat hy dankbaar is dat iemand verstaan hóékom hy so voel.

"Is dit die moeite werd om terug te gaan as jy weet dinge tussen julle gaan nooit werklik verander nie, Drian?"

"Ek móét, Tessa. Ek kan nie my kinders net so los nie."

Tessa weet instinktief dat hy nie van besluit daaroor sal verander nie. Hy sal sy eie geluk opoffer ter wille van klein Lindie en Buks.

"Hoe oud is hulle?"

"Buks is nege en Lindie ses."

"Sy ... klink baie afhanklik van jou. Is jy seker sy gaan hierdie drie maande regkom sonder jou?"

"Ek hoop so. Ek het Chantelle belowe dat ek nie sal bel nie omdat dit Lindie sal omkrap elke keer wanneer ek met haar praat en sy moet hoor dat ek nog nie huis toe kom nie."

"Maar sy is slimmer as wat julle dink. Sy gaan haar nie laat keer as sy met jou wil praat nie."

Drian glimlag en Tessa kan die liefde in sy oë sien toe hy van sy dogtertjie praat. "Sy is baie intelligent."

"En duidelik haar pa se oogappel."

Hy lyk verleë. "Ja, miskien," erken hy dan. "Dis nie dat ek minder lief is vir Buks nie. Dis net ... ek en hy was nooit so na aan mekaar soos wat ek en Lindie is nie. Maar hy het my net so nodig."

"Ek glo jou." Tessa staan op en kyk na Drian. "Jy is 'n wonderlike mens, Drian Malherbe," sê sy. "Ek hoop jou kinders waardeer eendag wat jy vir hulle opgeoffer het."

Sy stap by hom verby en klim in haar motor om terug te ry huis toe. Sy wens sy kon iets vir Drian doen. Sy wens sy kon iets aan die leë, swaar gevoel in haar eie binneste doen.

"Hoe laat gaan jy môre terug Johannesburg toe ry?" wil Braam Coetzee weet terwyl hy die laaste inligting in die rekenaar voer.

"Seker so nege-uur se kant."

"So vroeg?" vra hy verbaas.

Sy kyk vlugtig na hom. "Is daar iets wat jy wil hê ek moet doen voordat ek ry?"

Braam skud sy kop. "Nee. Ek was eintlik maar net besig om 'n geselsie aan te knoop. Jy is baie stil vanaand. Is daar fout, Tessa?"

"Nee, natuurlik nie. Ek het maar net nie gepraat nie omdat ek geweet het jy is besig."

Hy skakel die rekenaar af en staan op. "Ek is klaar. Praat maar."

"Wil jy koffie hê?"

Hy grinnik onnutsig. "Ek dog jy vra nooit. Jy is so ingedagte vanaand dat ek skoon afgeskeep voel."

"Was jy vandag daar in Butch se rigting?" wil Tessa onverwags weet.

"Nee. Ek was gister daar verby. So op 'n afstand het dit darem gelyk of dit nog goed gaan met die ou. Hy was besig om verlore drome te droom, of om sommer maar net in die son te sit."

"Ons het nog iemand wat daar uitkamp. Hy bly net so 'n kilometer of wat hoër op in 'n karavaan."

"O?"

Toe Tessa nie verder uitwei nie, vra hy duidelik: "Is dit iemand wat ek ken?"

Sy hou haar hande besig met die koppies wat sy regsit. "Nee. Dit is 'n dokter van Kaapstad af."

"Kaapstad? Dis 'n ver pad om te kom uitkamp."

"Hy het eintlik net toevallig hier uitgekom." Braam frons skerp en Tessa kan sien dat hy nie baie tevrede lyk nie.

"Toevallig? Beteken dit dat jy nie werklik die man ken nie, Tessa?"

"Nee. Ek het hom vanoggend vir die eerste keer ontmoet. Hy het 'n ongeluk hier bo in die kloof gehad. Ek het hom huis toe gebring en 'n wond aan sy kop behandel en hom toe toestemming gegee om daar bo langs die rivier te gaan uitkamp. Hy is net daar onder die kuil."

"Is daar baie skade aan sy voertuig?" vra Braam versigtig uit omdat hy weet dat iets Tessa hinder.

"Nee. Nadat die band omgeruil is, kon hy verder ry, maar sy remme het ingegee."

"Ek sal môre soontoe gaan en hoor of hy iets nodig het om die remme te herstel."

"Ek glo nie. Hy wil nie gepla word nie, en ek het hom die versekering gegee dat hy ongesteurd hier sal kan bly."

"Genade, Tessa, ek sal nie 'n oorlas van myself gaan maak nie. Ek wou bloot my hulp gaan aanbied het. 'n Mens noem dit goeie maniere."

"Ek sal môre daarlangs gaan en hoor of ek vir hom iets moet saambring van die stad af. Ek kan wat hy ook al nodig het maar daar kry en volgende week saambring as ek kom."

Sou dit die rede wees hoekom Tessa so vroeg wil ry? wonder hy. Sy gesig verraai egter niks van sy gedagtes nie.

"Soos jy verkies. Maar ek hou nie daarvan dat jy alleen na 'n wildvreemde man se kamp toe gaan nie. Jy weet niks van hom af nie."

"Ek vertrou hom, Braam. My mensekennis het my nog nooit in die steek gelaat nie, en jy kan my maar glo as ek vir jou sê dat hy niks sal doen wat hy nie moet nie. Al wat hy soek, is 'n maand of drie se rus en vrede voordat hy ... teruggaan."

Braam hou Tessa aandagtig dop terwyl sy die koffie maak. Iets is nie reg nie, maar hy respekteer haar privaatheid te veel om verder te krap. Hy sal maar self so in die stilligheid 'n oog oor hulle onbekende besoeker hou, besluit hy.

Vir 'n oomblik oorweeg Tessa dit om verby die rivier se afdraai te ry, maar haar gewete laat haar van plan verander. Sy móét gaan seker maak dat hy niks oorgehou het van sy ongeluk nie, en sy wil uitvind of sy vir hom iets kan saambring uit die stad uit.

Alles is doodstil toe sy voor die karavaan stilhou en Tessa wonder of hy dalk nog slaap. Toe sy uit die motor klim, sien sy hom, handdoek oor die skouer, van die kuil se kant af aangestap kom. Hy het net 'n nat kortbroek aan en die sonstrale speel pretspeletjies oor sy borskas toe hy onderdeur 'n boom stap.

"Môre. Pla ek?" vra sy toe hy naby die motor kom.

Drian is bly om Tessa weer te sien. Hy was nie seker dat sy weer sou kom nadat sy uitgevind het dat hy getroud is nie. "Natuurlik nie. Kom in, dan gooi ek vir jou koffie in."

Sy frons. "Miskien moet jy eers na daardie plek aan jou kop kyk. Daar slaan 'n bloederigheid onder die pleister deur."

Sy oë rek gemaak verbaas. "Gaan jy nie aanbied om dit te doen nie? Watse dokter is jy wat hande gevou gaan sit en toekyk terwyl ek in pyn verkeer?"

Die lyne op sy gesig lyk sagter en die blou oë rustiger as toe sy die vorige dag van hom af weg is, sien Tessa, en sy is bly. Hy het die rus werklik nodig.

"Jy is besig om op my gevoel te speel, Drian Malherbe, maar ek sal jou vandag maar nog bederf, siende dat dit die laaste keer sal wees."

"Gaan jy vandag terug Johannesburg toe?"

"Ja, ek is eintlik al op pad. Ek wou net kom seker maak dat jy geen gevolge van gister se ongeluk oorgehou het nie. Hoe voel jy?"

"Buiten 'n hoofpyn wat my tot laat verlede nag uit die slaap gehou het, nie te sleg nie. My skouer is, soos jy kan sien, lekker blou, maar ek kan daarmee saamleef."

Hy maak die karavaandeur oop en wys vir haar sy moet instap. Die nat handdoek hang hy oor 'n stoel en stap dan agter haar in.

"Het jy ontsmettingsmiddel en pleister hier?"

"Vra sy vir 'n dokter," terg Drian, en gaan haal dit wat sy nodig het uit 'n kassie bokant die bed. Hy kom sit op die kant van die bank en leun met sy kop agteroor sodat Tessa maklik by die plek kan bykom.

'n Paar hardnekkige klam, blonde krulle bly oor sy voorkop val, selfs al stoot Tessa hulle uit die pad.

"Pla my kuif jou?" vra Drian en lig sy hand op om die hare uit haar pad te hou. Sy hand gly oor hare voordat hy sy vingers deur sy hare steek.

Tessa se hand ruk en sy hoop van harte dat Drian dit nie gevoel het nie. "Jou hare was gister nie naastenby so uit koers uit nie. Wat het jy daarmee gedoen?"

"Hulle voel dalk soos ek. Vry en sorgeloos. Maak jy altyd jou hare so vas as jy gaan werk?"

"Ja. Ek kan nie werk as my hare in my gesig hang nie."

"Vlegsels as jy perdry en 'n bolla as jy werk," mymer hy hardop. "Dit laat jou gesofistikeerd lyk. Daar is nou byna niks van die plaasmeisie van gister te sien nie. Of dra jy dit juis so om ouer te probeer lyk? Dis nie 'n baie geslaagde poging nie, dokter Rossouw. Jy lyk nog steeds een-en-twintig."

"Moenie jou deur my voorkoms laat flous nie, dokter Malherbe. Menige pasiënt het hom al so vasgeloop met my." Tessa druk moedswillig effens harder as wat nodig is aan die sny toe sy die pleister opplak.

"Ouch!"

"Het ek jou seergemaak? Ek is baie jammer," maak Tessa met 'n soet stemmetjie verskoning.

"Sadis," mompel Drian. "Sit nou daar eenkant dat ek vir jou kan koffie maak."

Hy kom orent en stoot haar uit die pad. Tessa gaan sit en hou hom dop terwyl hy doenig is. Sy wonder of Chantelle Malherbe weet wat sy besig is om aan hierdie man te doen, en of hy werklik besef wat hy aan homself gaan doen as hy terugkeer na die lewe wat sy vrou van hom verwag.

"Het jy kans gehad om te kyk wat fout is met die remme?"

"Nee, ek het nie gekyk nie. Ek sal maar so deur die loop van die dag daarna kyk en dan na die naaste dorp toe ry om daar te gaan kry wat ek nodig het."

"Hulle gaan dit tien teen een moet bestel, en jy gaan baie lank daarvoor wag. Dit beteken twee ritte met 'n bakkie sonder remme. Dis moeilikheid soek. Jy het jou selfoon. Bel my as jy weet wat fout is, dan kan ek vir jou kry wat jy nodig het en dit saambring volgende naweek as ek afkom.”

“Dan kom jy weer volgende naweek?” Hy lyk aangenaam verras.

“Ek kom elke naweek. Johannesburg is net so ’n raps meer as twee ure se ry hiervandaan. Wil jy van my aanbod gebruik maak?”

Drian huiwer. “Ek wil jou nie moeite aandoen nie. Is jy seker jy sal tyd kry om dit te doen?”

“Ek sal enigiets vir my vriende doen.”

Hy steek sy hand uit oor die tafel en vou dit om haar vingers. “In daardie geval sê ek dankie, Tessa. Ook vir die feit dat jy my as ’n vriend reken.”

Sy sal enigiets doen vir haar vriende, maar dit wat Drian Malherbe die nodigste het, kan sy hom nie gee nie. Hy het nie vriendskap nodig in die jare vorentoe nie.

Toe hulle klaar koffie gedrink het, staan Drian op en gaan haal sy selfoon waar dit op die kassie langs die bed lê. “Laat ek sommer jou nommer in my selfoon se kontakte stoor, dan het ek dit byderhand.”

Tessa gee vir hom haar woonstel- en selfoonnommer en staan dan ook op. “Ek moet nou in die pad val.”

Drian stap saam met haar tot by haar motor en maak vir haar die deur oop. “Ry versigtig, Tessa Rossouw. Hou jou oë op die pad.”

“Ek sal my bes probeer. Pas daardie plek aan jou kop op.”

Met ’n laaste wuif van die hand ry Tessa weg. Drian se oë bly haar volg totdat sy tussen die bosse verdwyn.

"Wat 'n sprankelmensie is jy tog nie, Tessa Rossouw," sê hy mymerend.

Hoofstuk 3

Tessa wag onbewustelik vir Drian se oproep, maar dit kom eers die Donderdagaand net toe sy haar woonsteldeur oopsluit.

"Hallo," groet sy uitasem toe sy die gehoorstuk opraap.

"Hallo, Tessa. Dis Drian wat praat. Pla ek?"

Hy hoef nie eers te gesê het wie praat nie; sy het oombliklik sy stem herken. "Hallo, Drian. Natuurlik pla jy nie."

"Jy klink uitasem."

"Ek het net by die woonstel gekom toe die telefoon lui. Ek was bang jy dink ek is nie tuis nie. Hoe gaan dit met die wond?"

"Goed. Hoe het jy geweet dit was ek?" wil hy tergend weet.

"Geraai." En gehoop.

"Kom jy nog die naweek huis toe?"

"Ja. Dis nou natuurlik as daar geen krisis hier opduik nie, maar alles lyk darem rustig sovêr. Het jy toe gekyk wat fout is met jou bakkie se remme?"

"Ja. Jou plaasbestuurder het sy hulp kom aanbied. Die remskyf het gebreek."

Tessa sug. Sy moes geweet het dat Braam nie daar sou wegbly nie. "Ek is jammer, Drian. Ek het vir hom gesê jy wil nie gesteur word nie."

Drian lag. "Dit maak nie saak nie. Hy het blykbaar na julle boemelaar kom kyk en toe gesien dat ek met die bakkie se wiel spook." Hy grinnik. "Dis ook maar goed hy het hier opgedaag. Ek is 'n baie beter dokter as 'n motorwerktuigkundige. Ek kon net nie die hartklop van die wiel opspoor met my stetoskoop nie en ek het amper gedink my arme ou bakkie is oor die muur voordat ek dit nog behoorlik 'n week gehad het. Ek het dit tweedehands gekoop spesiaal vir hierdie vakansie, en ek beplan om dit weer te verkoop wanneer ek terug is in die Kaap."

"Dan is ek bly hy het jou gehelp. Maar ek glo nie jy hoef bekommerd te wees dat hy 'n oorlas van homself sal maak nie."

"Ek wéét, Tes."

Die verkorting van haar naam klink soos 'n troetelwoord uit sy mond en Tessa bly verleë stil terwyl sy wag dat die gevoel wat onverwags deur haar bruis, moet bedaar. Dis verspot dat sy so voel. Baie van haar vriende noem haar tog ook so.

"Is jy nog daar?"

"E ... ja. Wat moet ek saambring?"

"Die remskyf." Hy gee vir haar die fabrikaatnaam en jaar van die bakkie, en dan is daar skielik nie rede om verder te praat nie. Tessa belowe om die skyf die volgende middag te gaan kry voordat sy in die pad val.

"Moenie te laat ry nie. Ek wil nie hê jy moet in die nag ry net omdat jy vir my iets moes gaan oplaai nie."

"Ek sal voor donker tuis wees. Nag, Drian. Lekker slaap."

Die volgende oggend jaag sy behoorlik deur haar hospitaalrondtes. Daar is gelukkig ook nie veel pasiënte by haar spreekkamer nie omdat dit 'n langnaweek is. Sy kom net na drie weg en ry vinnig woonstel toe om haar klere vir die naweek te gaan haal, en daarna gaan koop sy wat Drian nodig het.

Halfses hou sy voor die plaashuis stil. Braam kom haar tegemoet.

"Jy is vroeg vanaand," groet hy.

"H'm, Ek kon vroeg wegkom. Omdat Maandag 'n vakansiedag is, het ek nie veel afsprake gehad vir vandag nie."

"Het jy die man se remskyf gekry? Hy het gesê hy sal jou bel daaroor."

"Ek het dit gekry, ja. Dit is agter in die kattebak."

"Dis nog lig genoeg om dit gou vir hom te gaan insit. Wil jy saamgaan?" Braam hou haar stip dop en Tessa kan presies sien in watter koers sy gedagtes dwaal. Hy weet egter nie dat Drian Malherbe 'n getroude man is nie.

"Nee, dankie, Braam. Daar is heelwat wat ek hier wil doen. Gaan jy maar."

"Ek glo nie ek sal vanaand weer hierlangs kom nie. As ek klaar is, gaan ek reguit verby na my huis toe. Ek wil vanaand vir Brenda bel."

Brenda is vir die afgelope paar jaar sy meisie en Tessa weet dat hulle beplan om te trou.

"Stuur vir haar groete."

"Sal so maak. Sien jou dan weer môre of so."

Tessa voel alleen en eensaam toe Braam wegry. Maar dis haar eie skuld. Sy kon saamgegaan het en dalk vir hulle iets gemaak het om te eet terwyl hulle aan die bakkie werk.

"Dis nou sommer bog om jouself so te sit en bejammer, Tessa Rossouw. Jy gedra jou soos 'n bakvissie," spreek sy haarself hardop aan. "Jy is gewoond aan alleenwees. Dis nou nie juis dat daar 'n toeloop van mense by jou woonstel in die stad is nie." Dit is egter omdat sy dit gewoonlik verkies om alleen te wees, weet sy, maar vanaand verkies sy dit nié.

Sy draai om en stap huis toe. Sy moet iets gaan doen wat haar hande en gedagtes sal besig hou. Dit sal nie deug as sy haar soos 'n gek gedra oor 'n getroude man nie.

Eers die volgende middag saal Tessa vir Sheba op, en sy ry kortpad teen die rivier op na waar Drian se karavaan staan. Sy sien vir Butch waar hy op 'n rots sit en visvang met sy tuisgemaakte stok en waai vrolik vir hom. Daar is 'n ongebondenheid in haar wat sy nie wil bevraagteken nie. Sy skryf dit bloot toe aan die vreugde om met haar perd deur die veld te kan jaag.

Haar hare hang in deurmekaar, goudbruin krulle oor haar skouers toe sy by die karavaan aankom. Drian sit eenkant met sy rug teen 'n rots na die rivier en staar. Soos die vorige keer het hy net 'n kortbroek aan, en Tessa kan aan die donkerder kleur van sy vel sien dat hy elke dag so rondloop.

Sy spring rats van die perd af en stap na hom toe. Hy kyk eers om toe sy twee treë van hom af is.

"Haai!" roep sy verbaas uit toe sy hom sien. "Het jy jou skeermes in Kaapstad vergeet?"

Hy grinnik en vee met sy hand oor sy ken waar baardstoppels al 'n stewige skadu vorm. "Lyk dit sleg?"

Sy kantel haar kop en kyk aandagtig na hom. "Nee," besluit sy na 'n paar sekondes en gaan sit dan langs hom. "Ek dink eintlik dit pas jou. Dit laat jou soos 'n seerower lyk."

"Iets gee my die idee dat jy 'n baie romantiese geaardheid het, Tessa Rossouw. Of dalk 'n baie ryk verbeelding. Jou bestuurder dink dat ek eerder soos julle boemelaar begin lyk." Hy steek sy hand uit en raak aan haar hare, stoot dan sy vingers deur die sagtheid daarvan. "Jy het die lieflikste hare. Jy doen sonde om dit weg te steek in vlegsels en bollas."

"Om dit so los te dra, kan partymaal lastig wees."

Hy los haar hare en verander die onderwerp. "Baie dankie vir die remskyf wat jy saamgebring het. Ek het die geld saam met Braam gestuur. Hy het gesê hy sal dit vir jou gee."

"Dankie. Ek sal hom wel later vanaand sien. Is jou bakkie nou weer reg?"

"Ek dink so. Ek het dit gekoop met die uitsluitlike doel om die karavaan te sleep. Dié was nog my ouers s'n, maar ek het nie iets gehad om dit mee te sleep nie. As ek terug is in Kaapstad sal ek weer die bakkie verkoop."

"So het jy gesê, ja, maar wat nou as jy weer die karavaan wil gebruik? Gaan jy elke keer 'n ander voertuig koop?"

"Ek glo nie dit sal nodig wees nie. Chantelle is nou nie juis 'n mens wat sal gaan uitkamp nie."

"Het jy weer iets van Lindie gehoor?"

Hy skud sy kop. "Nee. Ek dink haar ma het aan haar verduidelik dat die beste sal wees as sy nie weer bel nie."

Tessa weet sy het geen reg om in te meng nie, maar sy praat weer voordat sy dink. "Die beste vir wie, Drian? Is dit nie maar net Chantelle se manier om vir jou te probeer wys hoeveel jy gaan mis as jy dit dalk in jou kop kry om haar permanent te verlaat nie? Sy weet hoe erg jy oor die kinders is."

Hy roer sy skouers liggies, asof hy nie daaraan wil dink nie, en Tessa praat nie verder daaroor nie. Dit het per slot van rekening nie werklik iets met haar uit te waai nie. Sy het geluister toe Drian oor sy kinders en die situasie wou praat, maar dit gee haar nie die reg om haar opinie te lug nie. Drian het in elk geval tog klaar sy besluit geneem.

"Jy het nie dalk toevallig jou swemklere hier nie?" breek sy tergende stem deur haar gedagtes.

Tessa glimlag. "Toevallig hét ek, ja. Hierdie kuil was nog altyd my geliefkoosde swemplek en ek het nie gedink jy sal omgee as ek ook hier kom swem nie."

Drian kom orent en trek haar op.

"Jy kan in die karavaan gaan verklee. Daar is 'n skoon handdoek op my bed. Jy kan dit gebruik as jy wil."

"Dankie. Ek het my swemklere sommer onder my klere aangetrek, maar ek sal my klere daar in die karavaan los."

"Goed. Ek wag vir jou by die kuil," sê Drian agter haar aan toe sy karavaan toe stap.

Sy sit haar klere op 'n netjiese hopie neer en draai die handdoek om haar middel. Toe sy naby die kuil kom, sien sy hoe Drian van die rotse af duik. Hy trek met 'n sierlike boog deur die lug en Tessa kan nie anders as om die volmaakte lyne van sy liggaam te bewonder nie.

Sy gooi die handdoek van haar af en hardloop in die water in. Toe Drian se kop weer bo die water verskyn, is sy skaars 'n armlengte van hom af.

"Hallo, waternimfie," sê hy, sy oë warm op haar gesig.

Sy vee die hare uit haar oë. "Hallo," antwoord sy laggend en beweeg nader aan hom.

Voordat Drian kan keer, druk sy blitsvinnig sy kop onder die water in. Sy het egter nie lank die hef in die hand nie. Drian se hande sluit om haar middeltjie en hy skiet uit die water op met Tessa hoog bokant hom gelig. Sy gil toe hy haar los en haar kop verdwyn onder die water in. Haar hare hang weer in nat slierte oor haar gesig toe sy uiteindelik opkom.

"Jy kul!" baklei sy toe sy haar asem terugkry. "Jy is baie langer as ek!"

"Én slimmer én sterker," koggel Drian. Hy steek sy hand uit en vee haar hare uit haar gesig weg. "En dit is wat jy kry as jy my kop onder die water druk."

"Jy het my net onverhoeds betrap. Wag maar net. Ek sal wel my kans kry, Drian Malherbe, dan sal jy vir genade moet smeek."

"Jy sal my eers moet vang." Hy duik van haar af weg, en Tessa kan met die beste wil ter wêreld nie die uitdaging ignoreer nie.

Hulle speel byna 'n uur lank soos kinders in die water voordat hulle besluit om uit te klim. Tessa bibber liggies en Drian vou die handdoek knus om haar lyf.

"Ons het heeltemal te lank in die water gebly. Weg is jy, karavaan toe, sodat jy in jou droë klere kan kom," beveel hy.

"Ek kan nie dadelik gaan aantrek nie," sê Tessa rukkerig. "My swemklere sal eers 'n bietjie droër moet word voordat ek my klere kan aantrek."

"Jy kan nie só rondloop nie. Jy sal dodelik siek word. Kom ek gaan gee vir jou iets warms om solank bo-oor aan te trek. Of as jy haastig is, sal ek jou met die bakkie huis toe neem, maar só kan jy nie op 'n perd se rug klim nie."

"Ek is nie haastig nie."

Drian glimlag. "Ek is bly. Stuur in elk geval jou perd huis toe, dan eet jy vanaand hier by my," nooi hy op die ingewing van die oomblik. Hy hóú van

Tessa Rossouw. Sy is soos 'n vars briesie wat sy probleme eenvoudig van hom af wegwaai.

Tessa huiwer. Tart sy nie dalk die noodlot nie? 'n Middag in Drian se geselskap is een ding, maar om 'n aand saam met hom te kuier en te eet, is waarskynlik moeilikheid soek.

"Jy weet jy is veilig by my, Tes," besweer hy haar vrese in een sin.

Sy glimlag. "Ek weet, ja. Dankie, Drian, ek sal dit geniet om hier by jou te eet."

"Nou kom ek gaan haal vir jou 'n sweetpak om aan te trek."

Terwyl Tessa in die karavaan aantrek, trek Drian in die tent aan en begin dan 'n vuur aanpak om vir hulle vleis te braai. Sy selfoon lui en sy raap dit op om dit vir hom deur 'n skrefie van die deur aan te gee. Sy verwag dat dit weer Lindie sal wees, maar dis 'n Werner met wie hy praat.

Sy neem aan dat dit sy vennoot is, want hy vra uit na die welstand van die praktyk.

Dis nie 'n lang gesprek nie. Toe sy klaar aangetrek het, het Drian net die selfoon afgeskakel.

"Probleme by die werk?" vra sy terwyl sy haar hare met die handdoek droogvryf.

"Nee. Dit was my vennoot, Werner Scholtz, maar hy het eintlik gebel om te vra of ek sal omgee as hy Chantelle na een of ander funksie toe vergesel. Gelukkig pla dit my nie, dus kan ons ons aand geniet. Gee vir my daardie handdoek dat ek jou kan help."

Voordat Tessa kan keer, neem Drian die handdoek uit haar hande. Toe haar hare droog is, stoot hy sy vingers daardeur. "H'm, dis beter," sê hy tevrede. "Jy moet maar sê as ek jou moet red."

Tessa hou nie tred met sy gedagtegang nie. "Red van wat?"

"Verdrinking. Ek is bang jy verdwyn voor my oë in daardie sweetpak, dan kry ek jou nooit weer daaruit nie."

Vir 'n wyle moet sy maar Drian se geterg verduur omdat die sweetpak myle te groot is vir haar, maar sy rol die broekspype en moue op, en verklaar haarself dan gereed om haar deel te doen om die ete gereed te kry.

Terwyl hy die vleis braai, maak Tessa vir hulle pap en sous.

"Ek is verbaas om te sien dat 'n Kapenaar pap en braaivleis eet," terg Tessa toe hulle later langs die vuur sit en eet.

"O, maar ek is 'n baie aanpasbare Kapenaar," antwoord Drian. "En daarby is ek 'n gewillige leerling, so as jy wil hê ek moet pap en braaivleis eet, dan eet ek dit."

Hulle sit tot laataand en gesels, en Tessa verstom haar oor die ontspanne Drian wat langs haar sit en skerts.

"Wat kyk jy nou so snaaks na my?" wil Drian weet toe hy sien hoe aandagtig sy hom sit en dophou.

"Jy het verander in hierdie week. Jy is baie meer ontspanne en opgeruimd. Ons vars Laeveldse lug doen jou goed."

Hy glimlag, maar dit kom nie tot by sy oë nie en Tessa weet dat die werklikheid van sy situasie nooit ver uit sy gedagtes is nie, al is hy ook vol grappies en pret.

Sy staan op. "Dit word laat. Ek moet nou huis toe gaan."

Drian volg haar voorbeeld omdat hy weet hy het nie 'n keuse nie. Hy kan haar tog nie vir ewig hier hou net omdat hy haar geselskap geniet nie. "Ek sal môre die sweetpak by jou kry. Hoe laat gaan jy terug stad toe?"

"Ek gaan nie môre al nie. Dis Maandag 'n vakansiedag, so ek gaan eers dan terug."

Drian se gesig verhelder. "Kom eet dan weer môre hier by my, asseblief? Ek sal vir jou 'n uithangete maak."

"Beter as pap en vleis?"

"Beter as pap en vleis."

Sy weet sy is besig om met vuur te speel, maar sy weet ook sy sal terugkom. Binne 'n bestek van 'n paar dae het hierdie groot, blonde man met sy hartseer blou oë vir homself 'n plekkie in haar hart oopgeskrop waar sy nog nooit iemand anders toegelaat het nie.

"Dan sal ek kom."

"Is daar môre 'n supermark oop op julle dorp? Ek sal eers my voorraad moet aanvul."

"Daar is 'n supermark wat sal oop wees, maar ek kan jou nou al waarborg dat jy geen uitheemse kosse daar gaan kry nie."

"Moenie jou mooi koppie daaroor breek nie. Sê eerder vir my dat jy saam met my dorp toe sal gaan."

"Ek sal saam met jou dorp toe gaan."

"Gaaf. Ek sal jou vroeg kom haal. Kom, laat ek jou huis toe neem."

Die gesprek bly lig op pad na haar huis toe, en Drian stap saam met haar tot by die deur.

"Ek sal jou môre vroeg weer sien. Nag, Tes."

"Nag, Drian. Lekker slaap."

Tessa het net opgestaan toe Drian vroeg die volgende oggend aan haar deur klop. Sy gooi vir hom 'n koppie koffie in en maak dan verskoning om vinnig te gaan regmaak.

"Jy lyk mooi genoeg om op te eet, maar gaan maak maar eers klaar. Ek sal geduldig vir jou wag. Die dag is ons s'n."

Toe sy weer voor hom staan, kyk hy haar met 'n prettige uitdrukking in sy oë op en af. "Ek kan dit saam met jou dorp toe waag. Jy lyk goed."

"Dankie, dokter Malherbe."

"En ek is bly jou hare is weer los. Dit lyk pragtig so. Kom, laat ons gaan."

Dit word 'n heerlike dag waarvan hulle elke oomblik geniet. Nadat Drian sy inkopies gedoen het, drentel hulle deur die dorp terwyl hulle na die ware in die winkelvensters kyk, en toe hulle honger word, gaan eet hulle hamburgers in die enigste restaurant op die dorp.

Terug by die karavaan besluit Drian dat hulle eers moet gaan swem voordat hy met die ete begin.

"Gaan swem jy maar," keer Tessa.

"Ek sal liewer net hier op die rotse sit en wag. Ek is nou so lui dat ek soos 'n klip sal sink as ek dit in die water waag. Buitendien het ek nie eers swemklere hier vandag nie."

"Ek en jy is albei dokters – dit behoort nie vir jou 'n probleem te wees om sonder swemklere oor die weg te kom nie," terg Drian geestig.

Tessa stamp hom summier in die water toe hulle langs die kuil staan, maar sy sorg dat sy buite sy bereik bly toe hy haar wil natspat.

Drian swem nie lank nie, en toe hulle terugstap karavaan toe, loop hy soos gewoonlik weer sonder hemp. Hy slaan vir Tessa 'n gemakstoel onder 'n koelteboom oop om op te sit terwyl hy die kos maak. Ver genoeg dat haar nuuskierigheid deeglik geprikkel kan word oor wat hy in die kospotte aanvang, maar naby genoeg dat hulle kan gesels.

Tessa is so lui dat haar oë begin toeval, en Drian glimlag toe hy sien dat sy aan die slaap geraak het. Hy verkyk hom aan haar skoonheid. Nie aangeplakte skoonheid wat uit botteltjies kom en waarmee Chantelle die grootste deel van 'n uur besig bly nie, maar 'n natuurlike skoonheid wat van binne kom. Sy dra dit soos 'n lig in haar.

Hy laat haar slaap totdat die kos byna gereed is, toe gaan hurk hy langs die stoel en kielie haar wang met 'n grassie totdat sy uiteindelik haar oë oopmaak.

"Hallo, slaapkous. Tyd om op te staan. Die kos is byna gereed."

"Het ek sowaar aan die slaap geraak? Ek is jammer, Drian. Dit was baie ongeskik van my. Ek sal vanaand die skottelgoed was om op te maak daarvoor."

"Sal jy? Ek gaan jou daarby hou," antwoord hy, dankbaar oor die vooruitsig dat sy nog 'n bietjie langer by hom sal wees.

Die ete is alles wat Drian beloof het en nog meer. Tessa lek behoorlik haar vingers af toe sy klaar geëet het.

"As jy nie meer 'n dokter wil wees nie, kan jy altyd 'n restaurant oopmaak. As jy nog meer sulke geregte ken, sal dit 'n treffer wees."

"Ek het letterlik in 'n restaurant grootgeword. My ouers het jare lank een gehad. Ek kan onthou dat daar op skool 'n stadium was dat ek dit oorweeg het om in 'n kosrigting te studeer, maar my liefde vir medies was op die ou end groter. Nou is kosmaak maar net 'n stokperdjie ... een wat ek nooit werklik beoefen nie."

"Hoe so?"

"Chantelle het 'n kok wat die kombuis soos 'n heiligdom beheer. Geen mens sit sy voet daarin nie, laat staan nog 'n ete daar voorberei."

"En dis waarheen jy wil teruggaan?" vra Tessa sag.

Hy kyk stil na haar. "Toe ek hierheen gekom het, was dit nie 'n keuse nie. Dit was iets wat ek eenvoudig moes doen."

"En nou?"

Drian huiwer lank voordat hy antwoord, oomblikke waarin hy gevoelens begin herken en daarmee worstel. Hy wil nie net vir Tessa naby hom hê omdat hy haar geselskap geniet nie; hier by haar het hy iets begin ervaar waarna hy met sy hele wese smag. 'n Gevoel van omgee ... van liefde.

"Nou begin ek twyfel," erken hy eerlik.

"Jou kinders?"

"Dis 'n helse besluit om te neem, Tes."

"Dis jou lewe waaraan jy moet dink, Drian. Hoe lank sal jy so kan aangaan? Êrens gaan iets breek, en wat gaan dan gebeur?" As pediater het sy al menigmaal die nagevolg van spanning in 'n huwelik op kinders gesien.

"Dis my kinders waaraan ek moet dink! Hoe kan ek hulle opsy stoot vir 'n lewe wat ék begeer en hulle daardeur in emosionele ellende dompel?" Daar is 'n trek van magtelose woede op Drian se gesig, maar dit maak stadigaan plek vir 'n gedwonge kalmte, wat vir Tessa nog meer ontstellend is.

"Ek is jammer, Drian. Ek moes nie my neus in jou sake gesteek het nie. Dit is nie my plek nie." Sy maak die borde en eetgerei bymekaar en draai na die skottel toe wat Drian as opwasbak gebruik.

"Ek sal gaan warm water kry." Hy stap weg en laat Tessa alleen daar voor die tent met haar deurmekaar gevoelens, magtelose frustrasie en 'n diep, onverklaarbare seer wat toutrek in haar binneste. Of miskien nié so onverklaarbaar nie, dink sy dan, want skielik weet sy wat dit veroorsaak. Sy het Drian Malherbe lief, al ken sy hom nog net 'n skrale paar dae.

Haar vingers klem so styf om die eetgerei dat Drian se knipmes 'n bloedspoor oor haar vinger laat voordat sy dit agterkom.

"Eina!" Sy laat val dit op die vloer.

"Wat is dit?" vra Drian verskrik agter haar.

"Die mes het my vinger gesny." Sy hou die vinger na hom toe uit en Drian trek haar nader aan die lamp om beter te kan sien.

Dis nie 'n diep sny nie, sien hy, maar die bloed loop vrylik daaruit. Op daardie oomblik laat Tessa hom so ontsettend aan Lindie dink wanneer sy seergekry het.

"Ek sal dit beter soen." Hy lig haar hand op en sit haar vinger se bloeiende punt in sy mond. Met sy tong se punt streel hy daaroor.

Tessa se kop sak effens agteroor en die lamp gooi wisselende skadu's oor haar gesig. "Drian..." Haar stem is skor en sy ril saggies toe sy haar vinger stadig uit sy mond trek. Die bloeding het momenteel gestop, maar begin weer toe die drukking nie meer daarop is nie. Sy druk haar vinger op die geboortevlek impulsief op Drian se bors. Toe sy dit wegvat, is daar 'n bloedstrepie oor die hartvormige vlek. "Jou hart bloei," sê sy sag.

"Maar jy kan dit stop," antwoord Drian net so sag, maar daar is 'n intensiteit in sy stem wat Tessa laat opkyk in sy oë.

"Kan ek?"

Sy oë is donker van emosie toe sy hande om haar gesig kelk. "Ek het jou lief, Tessa Rossouw. Ek weet dit klink onmoontlik, want ek ken jou skaars en ek weet ook ek het nie die reg om dit te sê nie, maar ek het jou lief."

Sy praat nie, maar in haar oë sien Drian die antwoord op sy onuitgesproke vraag. Sy arms gly om haar lyf en sy kop sak vooroor.

Tessa lig haar mond op na hom, maar hy soen haar nie dadelik nie. Sy lippe streel sag en warm oor hare, maak woordelose beloftes wat Tessa naderhand bewend teen hom laat staan. Eers dán begin hy haar soen met 'n hartstogtelike drif wat haar knieë letterlik laat knak. Tessa weet dat sy die mag het om Drian die moeilikste keuse van sy lewe te laat maak. Maar sy kan nie. Sy durf nie. Sy het nie die reg om tussen Drian en sy kinders te kom nie.

Sy gun haarself 'n kosbare minuut in sy arms waarin sy sy liefkosings met oorgawe beantwoord, maar trek dan uiteindelik stadig terug uit sy omhelsing. Sy voel verlore en koud toe Drian se arms van haar af wegval.

"Ek moet jou terugneem huis toe. Dis al baie laat," sê hy skor.

"Ja, dit is laat." Té laat, voeg sy in haar gedagtes by. Te laat vir haar en Drian. Twee onskuldige kinders te laat.

Dis asof Drian haar gedagtes kan lees en in opstand kom oor die finaliteit daarvan. "Ek wil die res van my lewe met jou deel, Tes," sê hy dringend.

Sy bly lank stil. "Dit kan nie, Drian. Op 'n dag sal jy my verwyt omdat ek tussen jou en jou kinders gekom het."

"Ek het jou lief. As dit nie daarvoor was nie, sou ek kon teruggaan en probeer aangaan ter wille van Buks en Lindie, maar ek sal dit nie kan verduur terwyl ek weet jy is hier nie. Ek gaan Chantelle môre bel en vir haar sê dat ek nie terugkom nie."

Hoop borrel op in Tessa, maar gly dan weer stil weg om haar leeg te laat. "Nee, Drian. Jy kan dit nie só doen nie. Jy sal moet teruggaan en dit daar vir haar gaan sê ... dit vir die kinders gaan verduidelik. Dink aan Lindie."

Sy sien hoe hy verstyf, hoe spanning sy liggaam hard maak, maar sy kan niks doen om dit vir hom makliker te maak nie.

"Ek moet ook dink aan jou. Aan óns."

"Moenie oorhaastige besluite neem nie. Bly die drie maande hier wat jy tot jou beskikking het en gaan dan terug om daar te gaan besluit wat jy wil doen. Ek sal verstaan as jy nie terugkom nie."

"Ek sal teruggaan en al my sake daar gaan afhandel en miskien die kinders oor die ergste help. Maar ek sál terugkom, Tes."

"Dan sal ek vir jou wag," belowe sy sag.

Hoofstuk 4

As Tessa bang was dat Drian deur die loop van die nag sou besluit dat hy 'n fout gemaak het, bewys hy haar heeltemal verkeerd toe hy vroeg die volgende oggend aan haar deur kom klop. Die oomblik toe sy die deur vir hom oopmaak, neem hy haar in sy arms en soen haar deeglik voordat sy nog een woord kan sê. Met sy mond besweer hy enige vrese wat hoegenaamd by haar kon ontstaan het.

Toe hy haar uiteindelik laat gaan, glimlag Tessa met blink oë op na hom. "Môre vir jou ook," terg sy.

"Ek wou net seker maak dat jy geen twyfel het oor my gevoel vir jou nie. En daar wás twyfel, nie waar nie, Tes? Ek kon dit in jou oë sien toe jy die deur oopmaak."

"Nie twyfel oor hoe ons oor mekaar voel nie, maar onsekerheid oor wat die toekoms vir ons inhou."

"Jy hoef nie onseker te voel nie, Tes. Dit gaan miskien 'n tydjie neem, maar ek sal terugkom."

"Ons het gisteraand besluit dat ons nie daaroor gaan praat nie," systap Tessa die onderwerp en trek hom aan die hand na binne. "Ons het gesê ons gaan die tyd saam geniet en eers wanneer jy teruggaan Kaapstad toe, sal jy 'n besluit maak. As jy dan terugkom na my toe, sal ek weet dat jy werklik aan my behoort."

"Ek kan nie naby jou wees en nie vir jou sê hoe ek oor jou voel nie. Ek kan nie op 'n afstand bly en nie aan jou raak nie. Ons kan ook nie maak asof Chantelle en die kinders nie bestaan nie. Dis om weg te hardloop vir die werklikheid, Tes."

"Dis om realisties te wees, Drian. Jy voel nou so sterk omdat jy nie jou kinders sien nie, maar gaan dit nog so wees as jy hulle in die oë moet kyk en vir hulle moet vertel dat jy hulle versaak ter wille van my?"

"Ek sal hulle nie versaak nie. Ek sal net nie meer voltyds dáár wees nie. Maar ek sal hulle deeglik laat besef dat hulle my enige tyd kan kontak."

"Dit gaan dalk nie so eenvoudig wees nie. Chantelle wil dan nie eers hê dat jy hulle gedurende die drie maande wat jy weg is, mag bel nie. Hoeveel te meer gaan sy hulle nie van jou probeer vervreem as jy van haar skei nie?" Sy draai van hom af weg. "Net gisteraand nog het jy gesê dat jy nie anders kan as om terug te gaan na jou kinders toe nie."

"Ek het gesê dis 'n moeilike besluit om te neem en dat ek twyfel, maar noudat ek weet dat jy my ook liefhet, twyfel ek nie meer nie."

Hy het gesê dis 'n helse besluit, onthou Tessa. Dis wat dit sal wees as Drian hierdie besluit halsoorkop neem. Hy sal een hel verruil vir 'n ander, en sy sal die oorsaak daarvan wees.

Sy dwing 'n glimlag na haar lippe. "Kom ons vergeet dan net vandag van Chantelle. Ons skep vir ons 'n droomwêreld waarin net óns vandag 'n plek het."

"As dit beteken dat ek jou mag vashou en liefkoos soos wat ek graag wil, kan ek nie weier nie. Ons sal vandag aan niemand dink behalwe onsself nie. Goed so?"

"Goed so."

Hulle leef hierdie dag van geluk en liefde voluit. Nie een oomblik daarvan staan hulle af aan somber gedagtes nie. Toe Tessa egter uiteindelik die aand alleen is, gaan sit sy agter haar lessenaar om vir Drian 'n brief te skryf.

Toe sy daarmee klaar is, laat sy dit daar op die lessenaar waar Braam dit sal kry om vir Drian te gee, en gaan pak in om terug te ry stad toe. Sy sal vir die volgende drie maande van Drian moet vergeet. Hy moet tyd hê om self die besluit te neem. Solank as wat hulle mekaar sien, gaan hy nie realisties oor alles dink nie. Hy sal sy kinders verloor en op 'n dag gaan hy haar daarvoor verantwoordelik hou, en dit sal sy nie kan verduur nie.

Drian staan op die kruin van die rotse na die poel ver onderkant hom en staar, arms oor die bors gekruis en skouers geboë. Vandat hy Tessa se brief gekry het drie dae tevore, is sy gedagtes 'n warboel. Aan die een kant sien hy voortdurend Tessa se geelbruin oë voor hom, laggend, lokkend en vol warm liefde. Aan die ander kant is daar Lindie se hartseer stemmetjie wat wil weet wanneer hy huis toe kom, en Buks se afsydigheid wat duidelik verraai dat Chantelle se houding op hom inwerk. Dan is daar Chantelle self, wat aandring op 'n lewe waarin hy geen doel sien nie.

Die vorige nag het hy natgesweet wakker geskrik, geruk deur die treiterende droom van twee spanne wat toutrek. Aan die een punt was Tessa, en aan die ander kant Lindie en Buks.

Is dit waarvoor Tessa bang is? moes hy wonder. Of is dit wat hyself in sy onderbewussyn vrees?

Sy lewe is in 'n maalstroom van probleme vasgevang en skielik maak niks meer vir hom sin nie. Nie een van sy oortuigings is meer vir hom so aanvaarbaar as wat dit 'n paar weke, of selfs 'n paar dae gelede was nie. Selfs oor sy loopbaan as geneesheer twyfel hy skielik. Die amper verlore drang om verder te studeer, is skielik nie meer vir hom geregverdig nie. Dit was 'n onbereikbare droom wat hom vasgevang gehou het. Maar hier by Tessa het alles verander; sy lewe, sy drome, sy waardes.

Wil hy werklik nog 'n dokter wees? Miskien is nou die regte tyd om méér besluite te neem as net oor sy huwelik, het die gedagtes in hom gemaal.

Teen die tyd dat hy opgestaan het, het hy geweet wat hy moet doen. Hy het begin pak. Al wat hy nou nog moet doen, is om te gaan aantrek voordat hy in die pad val terug Kaapstad toe. Maar eers wil hy nog 'n laaste keer hier van bo af duik.

'n Voël skree skielik kras agter hom. Dit laat hom skrik omdat hy so diep ingedagte is, en die volgende oomblik verloor hy sy balans. Die gil uit sy mond weerklink teen die rotswande en raak dan stil toe hy val en die rotse tref. Soos 'n lappop rol hy verder en verdwyn dan oomblikke later onder die water.

Laer af langs die rivier sit Butch met die koerant op sy skoot. Sy vingers klem om die kant van die vuilwit blaaie en dieselfde spanning is sigbaar op sy verweerde gelaat toe hy na die foto voor hom staar.

"My klein Clara!" prewel hy. "Hoe pragtig lyk jy in jou wit trourok! So fyn en broos aan die arm van jou deftige man."

Vir jare lank leef Butch van dag tot dag, het hy homself gedwing om te vergeet dat hy eens op 'n tyd 'n pragtige dogtertjie gehad het wat die lig in sy lewe was. Hy móés van haar vergeet. Hy het geen aanspraak meer op haar gehad nie. Dit het hy verbeur toe hy haar in die sorg van vreemdes gelaat het en van sy eie pyn probeer wegvlug het na sy vrou se dood.

Maar nou staan sy op die drumpel van haar nuwe lewe, en aan haar sy is daar niemand nie. Géén familie nie. Hy behoort daar te wees...

'n Diep gil sny deur die lug. Butch laat sak die koerant en lig sy kop op om te luister. Hy huiwer net 'n oomblik, kom dan orent en draf met kort treetjies langs die stroom op; steek vas toe hy nie dadelik iets sien nie. Hy kyk oor sy skouer na die karavaan, maar weet byvoorbaat dat daar niemand sal wees nie. Hier is niemand anders in die omgewing wat hier kon afgeval het nie en niemand anders as hy wat dit kon gehoor het nie. Maar dit sou ook nodeloos wees om te wou help. Niemand kan daar van bo af val en dit oorleef nie. Daar kan geen houvas meer op die lewe wees vir die ongelukkige drommel wat hier afval nie.

Hy kyk weer terug na die klaargepakte karavaan, die trekstang klaar aan die bakkie se haak gekoppel. Hy stap nader en loer deur die bakkie se ruit. Die sleutel hang in die slot.

Hy maak die deur oop en klim in.

Langs hom op die bakkie se sitplek lê 'n beursie. Hy tel dit op en maak dit oop. Sy vingers bewe toe hy die geld daarin sien. Hy haal die note uit. Tweeduisend rand, tel hy.

In die beursie is daar ook 'n kredietkaart en 'n bestuurderslisensie. Hy haal dit uit. "A. Malherbe," lees hy hardop.

Maar dis nie al wat in die beursie is nie. Daar is ook 'n kleurfoto van 'n man met twee kinders op sy skoot. Die man se oë is diepblou, soos sy eie, merk Butch op. Sy hare blond en effens ligter as wat syne is as dit skoon is.

Maar A. Malherbe leef nie meer nie.

Nie nadat hy daar van die kranse afgeval het nie.

Butch se besluit is instinktief. Hier is sy kans om terug te gaan na Clara toe. Met hierdie geld kan hy homself respektabel maak sodat sy nie skaam sal wees vir hom nie.

Hy bêre alles weer netjies in die beursie en draai dan die sleutel in die slot. Die bakkie trek rukkerig weg omdat hy jare laas bestuur het, maar hy kom tog uiteindelik weg en ry in die smal grondpaadjie aan tot waar dit by die breër grondpad aansluit. Van daar af gaan dit makliker, en toe hy uiteindelik op die teerpad kom, begin hy ontspan.

Waar Braam voor sy huis staan, kyk hy op toe hy die dreuning in die pad hoor. Hy herken Drian Malherbe se karavaan en bakkie en skud sy kop toe hy dit fronsend agterna kyk. Hy weet nie wat tussen Tessa en die Kaapse doktertjie gebeur het nie, maar dit moes ernstig gewees het as sy in die nag hier wegry sonder om te groet en Drian Malherbe net 'n paar dae bly in plaas van drie maande.

Hy bel Tessa die aand by haar woonstel. Hulle gesels 'n rukkie oor algemene dingetjies en ook oor die besproeiingseminaar waarheen hy die volgende dag vertrek. Daarvandaan gaan hy vir 'n paar dae na Brenda toe om daar te kuier.

Tessa het nie 'n probleem daarmee nie. Sy weet dat Braam vir Joseph – een van die ouer werkers – met alles op die plaas kan vertrou. Omdat Braam vir 'n deel van die inkomste boer, sal hy niks doen wat die plaas kan benadeel nie.

Net voordat hy aflui, sê Braam terloops vir haar dat Drian die dag weg is.

"Het ... het hy gesê waarheen?"

"Nee. Ek het hom nie voor die tyd gesien nie. Hy het ook nie kom groet nie. Ek het net gesien toe die bakkie en die karavaan hier verby is. Het jy intussen niks van hom gehoor nie?"

"Nee." Sy sou nie, weet sy, want sy het vir hom in daardie brief geskryf dat hulle geen kontak moet hê voordat hy nie uit sy eie na haar toe terugkom nie. Nou kan sy maar net wag en hoop.

Daardie hoop word egter totaal verbrysel toe Braam haar die volgende aand weer bel.

"Tessa, het jy nou net na die nuus op televisie gekyk?"

Tessa skrik toe sy die vreemde toon in Braam se stem hoor. "Nee, my televisie is nie aangeskakel nie. Hoekom vra jy?"

"Ek ... Wel, ek weet nie hoe om dit vir jou te sê nie, maar Drian Malherbe het blykbaar gister verongeluk. Hy het klaarblyklik beheer oor die bakkie verloor en met die karavaan en al van 'n bergpas afgestort."

"Nee!" Die wêreld duisel om Tessa.

Haar ore begin suis, en vir 'n oomblik is sy bang dat sy gaan flou word.

"Ek is jammer om die nuus op so 'n manier aan jou oor te dra, Tessa, maar ek was bang jy hoor dit by iemand anders as jy dit nie self gesien het nie. Luister, wil jy hê ek moet daar na jou toe kom?"

Tessa wil die telefoon teen die muur stukkend gooi. Sy wil gil en skree om uiting te gee aan die pyn wat soos 'n warm mes deur haar sny, maar sy doen dit nie.

"Nee, dankie, Braam," antwoord sy bedrieglik kalm.

"Is jy seker? Wil jy na die begrafnis toe gaan? Ek en Brenda sal saam met jou gaan as jy wil."

Sy wil gaan, ja. Sy moet gaan afskeid neem. "Ek wil graag alleen gaan, Braam. Sal jy net vir my kan uitvind waar en wanneer dit is?"

"Natuurlik, maar ek dink nog jy moenie alleen gaan nie. Laat ek saam met jou gaan, asseblief, Tessa. Kyk, ek weet daar was iets tussen jou en Malherbe, en ek weet jy is nie nou jouself nie."

"Hy ... hy was getroud."

"O, my genade," prewel Braam. "Ek is jammer, Tessa. Maar dis nog meer rede hoekom jy nie alleen soontoe moet gaan nie. Jy het iemand se bystand nodig as jy sy vrou sien."

"Goed," stem Tessa in.

"Ek sal uitvind wanneer dit is, dan bel ek jou vanaand nog terug om te sê wanneer ek by jou sal wees."

Braam bel twintig minute later weer om te sê dat die begrafnis die volgende middag is en dat hy vir hulle plek op 'n oggendvlug Kaapstad toe bespreek het. Hulle kan dieselfde middag 'n terugvlug Johannesburg toe haal.

Die ure van die nag is vir Tessa vaag, al het sy die hele nag orent gesit en dink. En onthou.

Braam skrik toe hy die volgende oggend vroeg by haar woonstel kom. "Is jy seker jy wil gaan, Tessa ?"

"Ja. Ek moet gaan."

"Goed, dan gaan ons. Jy sal moet gereedmaak. Ons moet binne 'n uur by die lughawe wees."

Tessa lyk kalm toe hulle twee ure later opstyg. Sy is egter onnatuurlik stil. Selfs deur die begrafnisdiens sit sy granietstil agter in die kerk langs Braam. By die graf hou Braam haar vas toe hulle mense hoor praat oor hoe erg Drian geskend was, dat al waaraan sy vrou hom kon uitken, sy polshorlosie was. En oor hoe gaaf dit van Werner Scholtz is om die arme Chantelle so by te staan.

Dis egter eers toe sy Lindie sien, dat sy byna inmekaarstort. Braam hoef nie te vra wie die klein dogtertjie is wat so verskeurd is van die hartseer toe die kis in die graf afsak nie. Sy lyk sprekend na haar pa.

"Kom, Tessa. Kom ek neem jou terug huis toe."

Sy laat toe dat hy haar terugneem lughawe toe, maar toe hulle terug is in haar woonstel in Johannesburg en Braam haar wil terugneem plaas toe, skop Tessa viervoet vas.

"Nee. Ek wil nooit weer teruggaan plaas toe nie." Sy kyk na hom met so 'n vasgekeerde uitdrukking in haar oë dat Braam haar innig jammer kry.

"Wat kan ek doen om dit vir jou makliker te maak, Tessa?"

"Koop die plaas by my. Ek wil net nooit weer teruggaan soontoe nie."

"Moenie dat ons oorhaastige besluite neem nie. Jy is nou ontsteld en hartseer, maar later voel jy dalk anders daaroor. Jy weet jy is nie 'n stadsmens nie, Tessa. Jy het die plaas nodig."

Tessa word gelukkig 'n antwoord gespaar toe Braam se selfoon lui. Sy hoor nie juis wat hy sê nie, maar toe Braam die gesprek beëindig, kan sy aan sy gesig sien dat hy omgekrap is.

"Wat is fout?"

"Dit was Joseph. Hy het ou Butch daar langs die rivier gekry. Dit lyk asof die ou daar bo van die rotse afgeval het. Ek kan nie glo dat hy dit oorleef het nie, maar blykbaar het hy op 'n manier tot op die wal van die rivier gekom. Joseph het hom daar gekry en hom met die bakkie hospitaal toe geneem, maar dit klink nie asof die dokter veel hoop het vir hom nie."

Tessa ril liggies. Eers Drian en nou Butch. Op 'n manier was altwee van hulle haweloos. "Bel die dokter en vind self uit wat hy dink," stel sy voor.

Braam stribbel nie teë nie. Hy bel die dokter by hulle plaaslike hospitaal en luister na wat hy te sê het. Toe hy weer na Tessa kyk, lyk hy somber.

"Dokter Richter sê hulle vermoed daar is bloeding op die brein. Hulle gaan hom oorplaas hier na Johannesburg toe. Hy sal as 'n staatspasiënt behandel word en die dokters hier sal besluit of hulle gaan opereer of nie."

"As hy as 'n staatspasiënt hiernatoe kom, sal dit na die hospitaal toe wees waar ek vrywillig diens doen. Ek sal uitvind hoe dit met hom gaan as hy hier kom."

"Dan is jy vas van plan om te bly, Tessa?"

"Ja, ek gaan bly. Ek weet jy dink ek tree nie nou rasioneel op nie, maar ek was ernstig toe ek gesê het jy kan die plaas koop."

"Dink maar eers daaroor. As jy oor 'n week nog so voel, kan ons weer praat."

Tessa het skielik 'n behoefte om alleen te wees.

"Dankie dat jy saam met my Kaapstad toe gegaan het, Braam. Ek sal jou laat weet wat ek besluit het."

Toe Braam weg is, gaan lê Tessa op haar bed en kyk na die begrafnisbrief. Daar is 'n foto van Drian op, maar dis 'n Drian wat sy nie geken het nie. Sy gesig is strak en emosieloos. Al wat werklik bekend lyk, is sy oë. Daarin sien sy dieselfde verlorenheid as wat daarin was toe hy op die plaas aangekom het.

"As ek oor kon kies, Drian, sou ek jou by my gehou het. Ek moes toegelaat het dat jy Chantelle bel en julle klug van 'n huwelik beëindig. Al het jy dan jou kinders verloor, kon jy darem 'n lewe gehad het wat vir jou die moeite werd sou wees. Maar nou het jy nie eers dit nie."

Met die begrafnisbrief onder haar wang ingevou, raak sy naderhand aan die slaap.

Twee weke later werk sy aandskof by die hospitaal waar sy vrywillig diens doen, en eers toe sy daar is, onthou sy weer van Butch.

Toe haar skof verby is, gaan sy na die navraagtoonbank toe om uit te vind of hy nog daar is.

"Hy is hier, ja. Hy lê in saal twee." Tessa kry toestemming by die saalsuster om gou daar in te loer.

"Ek het gehoor hy het daar op jou plaas gebly toe hy die ongeluk gehad het en ek het gedink jy sou een of ander tyd 'n draai hier kom maak. Nie dat hy sal weet jy is daar by hom nie. Hy is wel geopereer om die bloeding op die brein te verlig, maar hy is nog steeds in 'n koma. Maar jy kan maar gaan," sê die suster vriendelik en dink by haarself: Só ken almal dokter Tessa Rossouw – as iemand wat omgee vir haar medemens, al is dit ook 'n boemelaar.

Hoewel hy in 'n groot kamer lê, is daar nie ander pasiënte saam met hom daar nie, sien Tessa toe sy instap. Die lig is af, maar daar skyn genoeg lig van die gang af in om die kamer slegs skemerdonker te maak. Daar is omtrent niks van Butch se gesig sigbaar tussen die verbande nie, maar Tessa kan sien dat sy baard en hare heeltemal afgeskeer is. Al wat van sy gesig uitsteek, is sy ken, waar baardstoppels nou weer begin groei.

Sy dink aan Drian toe sy hom geterg het omdat hy nie geskeer het nie. Sy het gesê hy lyk soos 'n seerower, maar hy het gesê hy lyk eerder soos Butch. Nou lê Butch hier in die hospitaal in 'n koma, en Drian is begrawe.

Sy draai om en stap uit. Sy sal weer een of ander tyd kom kyk hoe dit met hom gaan.

Toe sy die volgende maand weer daar werk, kom die suster wat in Butch se saal werk na haar toe. "Wonderwerke gebeur nog, nè? Daardie boemelaar van ons het toe vanoggend uit sy koma wakker geword, maar die arme man het nie 'n idee wie hy is nie. Hy is in hierdie stadium een bondel pyn, maar ons gee hom gereeld 'n inspuiting om hom te pro-beer help. Wat later met hom gaan gebeur, weet ek nie. As die verbande af is en hy gereed is om ontslaan te word, sal hulle seker 'n foto van hom laat neem vir ingeval daar iemand is wat iets van hom af weet. Hy het darem ook 'n baie prominente geboortevlek waaraan iemand hom maklik sal kan uitken."

Tessa ruk innerlik. "'n Geboortevlek?"

"Ja. Dis 'n vlek op sy linkerbors, in die vorm van 'n hartjie ... Is iets fout, dokter Rossouw? U lyk skielik so bleek soos die dood!"

"Daar ... daar is niks fout nie. Ek het nog nie vandag kans gehad om te eet nie. Ek dink ek sal vir my 'n koppie tee gaan soek voordat ek huis toe gaan. Kan ek maar weer gou 'n draai by die boemelaar gaan maak? Miskien herken hy my gesig."

"Gaan gerus. Ek sal sommer daar vir u 'n koppie tee skink as u wil."

Nieteenstaande die feit dat sy soontoe wil hardloop, wag Tessa 'n goeie twintig minute voordat sy na saal twee toe stap. Sy drink eers die tee wat die suster in die dienskamer vir haar aangee en stap dan huiwerig na die kamer toe waarin hy lê.

Hy slaap diep en rustig toe sy langs sy bed tot stilstand kom. Die meeste van die pype waaraan hy gekoppel was, is verwyder, maar die verbande is nog steeds om sy gesig gedraai.

Tessa lig die laken versigtig op en trek dit van sy borskas af. Sy regterarm is in gips, maar op sy linkerbors lê die geboortevlek, presies soos wat sy dit ken.

Haar asem ruk in haar keel vas.

"Liewe Here," prewel sy met 'n hart wat donderslae in haar bors hamer. "Kan dit wees dat dit Drian is wat hier lê? Wie is dan verlede week daar in Kaapstad begrawe?"

"Wie is hier?"

Sy ruk soos sy skrik en laat val die laken.

"Wie is hier?" vra hy weer, en hierdie keer twyfel Tessa nie. Dis Drian se stem, hortend en swak, maar duidelik herkenbaar.

Sy sluk verby die knop in haar keel en vou haar vingers om syne toe hy sy een hand onder die laken uithaal. "Kan jy my nie sien nie?" wil sy skor weet.

"Nee, nie met hierdie vervlakste verbande oor my gesig nie. Wie is jy?"

"Ek ... ek is dokter Rossouw. Tessa Rossouw. Dit was op my plaas waar jy die ongeluk gehad het. Onthou jy iets daarvan?"

Hy dink 'n oomblik en Tessa voel hoe sy vingers om hare klem soos dié van iemand wat verlore voel en desperaat na 'n anker soek. "Nee, ek onthou niks. Hoekom is jy hier?"

"Ek was voorheen ook al hier, maar jy sal dit nie weet nie omdat jy toe nog in 'n koma was. Die suster het vir my kom sê jy het bygekom en ek wou kom hoor hoe dit met jou gaan."

"Seer. En leeg."

"Hoekom leeg?"

"Omdat ek niks van myself af weet nie. My lewe is so donker as wat dit agter hierdie verbande is."

Tessa huil geluidloos oor sy pyn en onsekerheid – en van dankbaarheid dat hy leef, al weet hy dan ook nie wie hy is nie.

"Moenie moedeloos en negatief raak nie," pleit sy sag.

"Dis maklik vir jou om te praat, Dokter, maar jy weet wie jy is, waarvandaan jy kom en waarheen jy vanaand gaan."

Hy praat met 'n effense sleeptong, en Tessa weet dat dit van die pynverdowende inspuiting is wat hulle hom gee.

"Moenie bang wees nie. Ek sal sorg dat niks met jou gebeur nie." Haar trane drup op sy vingers. Hy voel dit.

"Wat is dit? Wat drup so nat op my vingers?"

"Dis ... dis niks."

"Jy huil," sê hy verbaas. "Hoekom?"

"Omdat ek weet hoe seer en moedeloos jy op hierdie oomblik voel. Ek wens dat ek jou kon gerusstel, maar jy is te verward om na my te luister."

"Hoekom sou jy my wou help?" Hy praat al meer onduidelik en Tessa weet dat hy moeg is.

"Omdat ek vir my medemens omgee." En omdat ek jou liefhet, voeg sy in haar gedagtes by. "Ek moet nou gaan."

"Sal jy weer kom?"

"Natuurlik. Moet ek vir jou iets saambring?"

Hy hoor haar egter nie, want hy slaap weer.

Sy druk haar lippe teen sy vingers voordat sy sy hand sag op sy bors terugplaas.

Toe sy wegstap, voel sy lighoofdig van skok en blydskap. Sy weet sy behoort vir iemand te sê dat daar groot fout is iewers, maar sy weet ook dat sy dit nie gaan doen nie. Sy het Drian terug. Hierdie keer is daar geen vrou en kinders wat op 'n deel van hom kan aanspraak maak nie.

Sy maak daardie nag egter skaars 'n oog toe, want na die aanvanklike blydskap het haar gewete haar begin aankla. Elke keer wanneer sy haar oë toemaak, onthou sy die liefde wat Drian vir sy kinders gehad het. Hoe kan sy dit van hom af wegneem?

Tog ... kan sy regtig daarvoor verantwoordelik gehou word dat sy iets van hom af weghou as hy nie weet hy het dit gehad nie? probeer sy haarself regverdig.

Teen dagbreek weet sy dat daar niks aan die situasie is wat sy kan goedpraat nie. Haar besluit gaan nie net haar eie lewe onherroeplik verander nie, maar ook dié van Drian se vrou en sy twee kinders. Maar hoe verkeerd dit ook al mag wees, sy weet dat sy met haar plan gaan deurdruk. Sy gaan van Drian Malherbe 'n identiteitslose Butch maak. Sy gaan hom 'n vastrapplek in die lewe gee en só sy liefde behou.

Die onderliggende vrees vir wat sal gebeur wanneer Drian sy geheue herwin voer botoon, maar sy besluit sy gaan vir eers nie daaroor tob nie. Sy gaan net eenvoudig elke dag wat haar saam met Drian gegun word, met alles wat sy in haar het, aangryp.

Hoofstuk 5

Tessa jaag deur die volgende dag, ongeduldig om terug te gaan hospitaal toe, maar sy dwing haarself tot kalmte toe sy die aand na hom toe gaan omdat dit snaaks sal lyk as sy skielik soveel belangstelling in 'n boemelaar toon.

Drian se verbande is af, maar sy gesig lyk soos 'n slagveld van die pleisters en kneusplekke. Hy slaap, maar toe sy die vrugtesap en tydskrif wat sy vir hom gebring het op die bedkassie neersit, word hy wakker.

"Hallo," groet Tessa sag.

"Jy het teruggekom. Ek is bly jy is hier," sê hy sag.

"Hoe weet jy wie ek is? Toe ek gisteraand hier was, kon jy my nie sien nie."

"Jy is die engeldokter. Ek het jou stem herken." Sy stem klink baie sterker as die vorige aand.

Tessa se hart klop in haar keel. Toe hy haar die heel eerste keer gesien het, het hy ook gedink sy is 'n engel. "Hoekom noem jy my ... die engeldokter?"

Hy probeer glimlag, maar sy gesig kry seer en dis meer net 'n skewe trekkie van sy lippe. "Ek het jou naam vergeet, toe dink ek maar aan jou as die engeldokter."

"My naam is Tessa. Hoe voel jy?"

"Beter as gister. Maar ek weet nie of ek beter lyk nie. Hulle het vir my 'n spieël gegee nadat die verbande afgehaal is, maar my gesig lyk so sleg dat ek twyfel of my eie ma my sal herken."

"Onthou jy iets van haar?"

"My ma?" Hy frons en sug. "Nee, dit was maar net 'n gedagte ... Hulle sê ek is gelukkig dat ek leef."

"Jy is," beaam Tessa. "Dit is 'n wonderwerk dat jy leef."

"Weet jy wat met my gebeur het? Almal praat van die ongeluk, maar niemand gee my enige besonderhede nie."

"Jy het op my plaas gekamp ... gebly en van hoë rotse afgeval."

"Op jóú plaas? Bly jy dan nie hier in die stad nie?"

"Ek het 'n woonstel hier, maar ek het naweke plaas toe gegaan."

Hy dink 'n oomblik na. "En jou man? Gee hy nie om dat jy in die week hier bly nie?"

"Ek is nie getroud nie. Die plaas het ek by my ouers geërf, maar ek is nou besig om dit te verkoop."

"En is dit waar wat hulle vir my gesê het – dat ek 'n boemelaar was? Het ek iets oor my verlede gesê terwyl ek daar gebly het?"

"Nee."

"Het ek lank daar gebly?"

"'n Hele rukkie. Maar jy was 'n rustige mens. Jy het niemand gepla nie."

"Nou gee ek jou baie moeite."

Tessa druk sy hand vlugtig en wens sy kon hom die waarheid vertel. "Dis nie moeite om hierheen te kom nie."

Hy kyk fronsend na haar, sy oë peinsend, asof hy iets vir homself probeer uitklaar wat hy nie verstaan nie. "Doen jy altyd soveel moeite vir jou medemens, dokter Tessa? Watse belang het jy by 'n boemelaar wat op jou plaas geval en byna sy nek gebreek het?"

"Gisteraand het jy gesê jy voel leeg omdat jy niks van jou verlede kan onthou nie. Ek kan niks van daardie verlede vir jou teruggee nie, maar ek kan jou beter laat voel deur jou te kom besoek en jou te help waar ek kan. Is dit werklik so moeilik om te verstaan?"

"Nee, maar wat ek nie kan verstaan nie, is dat jy oor iemand soos ek huil."

"Iemand soos jy ... Butch? Jy weet niks van jouself af nie. Hoe kan jy jouself dan veroordeel?"

"Jy weet ook niks van my af nie."

"Maar ek kan jou help. Of gaan jy daardie hulp in my gesig teruggooi?"

Hy probeer glimlag. "Só ondankbaar sal ek nie wees nie. Buitendien lyk jy op hierdie oomblik so kwaai dat ek maar effens skrikkerig voel. Het jy al ooit 'n pasiënt aangerand wat nie na jou wou luister nie?" wil hy tergend weet.

Tessa maak haar oë toe en dink aan 'n vorige keer toe hy vir haar gesê het sy klink kwaai. Dit was toe sy nie wou gehad het hy moes die bakkie bestuur nie.

"Waaraan dink jy?" onderbreek sy stem haar gedagtes.

"Aan iemand wat ook op 'n dag vir my gesê het ek klink kwaai."

Dis hy wat hierdie keer sy hand uitsteek en dit om haar vingers vou. "Ek is jammer as ek ondankbaar geklink het. Ek is nie. Jy weet nie hoe ek vandag gelê en hoop het dat jy weer vanaand hier sou inloer nie. Maar dit maak nogtans nie vir my sin nie."

"Moenie jou kop daaroor breek nie. Aanvaar dat ek 'n hand van vriendskap na jou toe uitsteek en dat ek jou graag wil help."

"Dan neem ek dit met dank aan, dokter Tessa."

Tessa kom besoek hom elke aand, selfs die aande wat sy nie diens doen nie. Sy bring vir hom nagklere en pantoffels en smoor sy teëstribbeling met oë wat gevaarlik blits. Sy praat hom moed in wanneer hy moedeloos word, en uiteindelik breek die dag aan waarop hy vir haar sê dat hy 'n paar dae later ontslaan gaan word.

Tessa mors nie langer tyd nie. Sy gaan soek sy dokter op en verklaar dat sy hom gaan terugneem plaas toe wanneer hy ontslaan word.

Hieroor lig die dokter 'n wenkbrou.

"Ek verstaan dat jy vir hom jammer voel, dokter Rossouw, maar jy hoef nie so ver te gaan nie. Die polisie kan van hier af oorneem en sy familie en vriende probeer opspoor."

"Dis 'n doodlogiese besluit, Dokter. Ek gaan hom terugneem na die plek toe waar hy geval het. Moontlik is daar iets wat hom sy geheue kan laat herwin. As dit nie help nie, is daar dalk iets tussen sy besittings wat sy geheue sal stimuleer. Dis nog alles op die plaas. As dit nie help nie, kan ek aan 'n ander plan dink, maar ek glo nie ons moet oorhaastig na iemand soek by wie hy in die eerste plek nie wou wees nie. As hy iemand gehad het wat vir hom omgee of by wie hy wou bly, sou hy tog nie 'n boemelaar geword het nie." Wanneer het sy so maklik begin lieg sonder om 'n oog te knip? wonder sy.

"As jy dit werklik wil doen, kan niemand jou keer nie, dokter Rossouw," antwoord hy, in die stilligheid ook maar dankbaar dat iemand die probleem van die boemelaar uit sy hande neem.

Om Drian self te oortuig, is egter nie so eenvoudig nie. Hy skop hardkoppig vas.

"Ek is meer as dankbaar vir al jou hulp tot nou toe, maar ek kan nie van jou verwag om vir my te sorg nie. Al was my lewe in die verlede eenvoudig, het ek op my eie reggekom, en ek sal dit weer doen."

"Moenie hardkoppig wees nie, Butch. Ek kan jou dalk help om te onthou. Jy het in elk geval nog gips aan jou arm en been. Het jy al gedink hoe jy oor die weg sal kom?"

Hy frons en Tessa kan sien dat hy twyfel oor wat die regte ding is om te doen.

"Asseblief, laat ek jou nog 'n tyd lank help totdat jy heeltemal op die been is. Ons het tog goeie vriende geword in die tyd wat jy hier in die hospitaal was, en vriende is veronderstel om mekaar te help."

"Jy sal selfs die duiwel kan oorhaal om 'n goeie daad te verrig, dokter Tessa," gooi Drian uiteindelik handdoek in. "Goed, ek sal voorlopig saam met jou gaan."

Twee dae later help Tessa Drian in haar motor. Sy maak hom gemaklik in haar woonstel en sorg dat hy alles wat hy dalk mag nodig kry, byderhand het.

In die tyd wat volg, probeer sy om die verkoop van die plaas so vinnig as moontlik af te handel. Die kere wat sy Braam sien of met hom praat, hou sy hom so op 'n afstand dat haar eertydse vriend en plaasbestuurder nie meer gemaklik voel daaroor om haar tuis te besoek of te bel nie. Dis vir hom duidelik dat sy van haar lewe in die Laeveld wil wegbreek, en al verstaan hy dit nie, respekteer hy haar gevoelens.

Sy laat al die meubels in die huis en ry net vir een dag plaas toe om haar persoonlike besittings te gaan haal. Sy kry ook sommer alles van Butch wat in 'n buitekamer gebêre is.

Sy gee dit egter nie dadelik vir Drian nie, maar wag totdat hy haar op 'n dag daaroor uitvra.

"Jy het vir die dokter gesê dat jy my op 'n dag na jou plaas toe sal neem sodat ek die plek kan sien waar ek geval het en sommer ook my goed kan kry – wat dit ook al is wat 'n boemelaar met hom saamdra."

"Ek ... Die plaas is verkoop, Butch, maar ek het jou goed saamgebring."

Hy kyk verbaas na haar. "Jy het dit hier en jy sê my nie 'n woord daarvan nie?"

Tessa gaan sit langs hom op haar hurke. "Ek wou dit nie vir jou gee nie, want ek glo nie jy sal ... gemaklik daarmee voel nie. Laat ons eerlik wees, Butch: jy voel nie ontevrede met wat jy nou is nie. Om die waarheid te sê, ek kan jou nie met die beste wil ter wêreld as 'n boemelaar sien nie."

"Maar dis tog hoe jy my op jou plaas leer ken het."

"Ek weet, ja," smeer Tessa haar glips toe. "Wat ek eintlik bedoel, is dat daar iets in jou lewe moes gebeur het wat jou tot daardie uiterste gedryf het, maar ek wéét net eenvoudig dat dit nie werklik jy is nie."

Hy sukkel orent op sy krukke. "Dit voel ook nie werklik soos ek om op 'n vroumens te teer nie. Ek dink ek verkies dit om 'n boemelaar te wees eerder as 'n parasiet," kners hy dit woedend uit.

Die spanning wat hierdie enorme leuen al so lank op haar plaas en Drian se onredelike woede, laat iets in Tessa knak. Sy vlieg orent.

"Nou wéés dan 'n vervlakste boemelaar!" Sy gaan haal die streepsak met die vodde wat Butch gedra het en gooi dit voor Drian se voete neer. "Daar is jou klere. As dit jou werklik so gelukkig sal maak, sal ek die res van jou aardse besittings in my garage ook gaan haal. Daarna sal ek jou met my motor tot by die naaste park neem sodat jy jou nuttelose en bandelose bestaan daar kan voortsit." Sy hardloop na haar kamer toe en klap die deur agter haar toe.

In die sitkamer staan Drian verslae na haar snikke en luister terwyl hy na die streepsak voor sy voete staar. Hy stoot dit later met een van die krukke tot voor die rusbank sodat hy kan gaan sit en probeer soek na die mens wat hy voor die ongeluk was.

Sy gesig vertrek van afgryse toe hy die paar stukke vodde sien. Die reuk wat aan die klere kleef, verraai dat hy hom ook nie veel aan persoonlike higiëne gesteur het nie. Is dit wat hy werklik wil hê? maal dit deur hom. Wat dryf 'n mens om so laag te daal?

Uiteindelik staan hy op en gaan klop aan Tessa se kamerdeur. "Tessa?" Toe sy nie antwoord nie, roep hy weer. "Tes?"

"Wat wil jy hê?" mompel sy.

"Verskoning vra vir my ondankbaarheid en erken dat jy reg was; dat ek nie na daardie soort lewe kan terugkeer nie."

Toe sy nie antwoord nie, maak hy die deur versigtig oop. Van sy engeldokter wat hom in die nagte kom moed inpraat het, was daar nie veel te sien toe sy hom vroeër die kop gewas het nie. Daardie blitsende geelbruin oë maak dat hy so effens op sy hoede is. Dalk gooi sy hom nog met iets omdat hy hier inkom.

Sy staan egter nie gereed om hom met enigiets te gooi of hom te verwilder nie. Sy lê in 'n klein bondeltjie opgekrul op haar bed, haar gesig weggedraai na die muur toe, en haar goudbruin hare deurmekaar oor haar kussing gesprei.

Drian gaan sit agter haar rug op die kant van die bed. Toe sy bewegingloos bly lê, steek hy sy gesonde hand uit en vryf saggies oor haar skouer.

"Ek is so jammer, Tes. Ek het nie bedoel om jou seer te maak met my ondankbaarheid nie."

Tessa draai om en kyk na hom toe sy die teerheid in sy stem hoor. Die bekendheid van die naam wat hy haar vroeër met soveel liefde genoem het, ruk aan haar hart.

Drian vee oor haar wang waar daar nog steeds nat strepe lê. "Ek het jou alweer laat huil."

Tessa vang sy hand teen haar wang vas. "Ek wil nie oor jou huil nie," erken sy sag. "Ek wil saam met jou lag en saam met jou die dinge ontdek wat jou vroeër gelukkig gemaak het ... vóórdat jy die boemelaar geword het."

"Maar ek kan nie een van die twee dinge doen nie. Ek kán jou nie laat lag nie en ek is 'n man sonder 'n verlede ... sonder 'n toekoms. Moenie verwagtinge oor my koester waaraan ek nie kan voldoen nie. Weet jy hoe voel dit om jou elke dag in die oë te kyk vir alles wat ek nodig het? Besef jy nie hoe vernederend dit vir my is nie? Ek woon onder jou dak. Ek trek die klere aan wat jy vir my koop. Ek eet die kos wat jou geld op die tafel sit. Ek het geen selfrespek meer oor nie." Hy gee 'n bitter laggie. "Ek weet nie eers of ek ooit 'n druppel daarvan gehad het nie."

"Jy het nie 'n verlede nie, maar ons kan saam werk aan 'n toekoms vir jou. Oor 'n paar dae kom jou

gips af, dan kan ons vir jou 'n werk soek. Êrens sal jy
iets kan kry waarvan jy hou. Ek weet jy voel nie nou
goed oor die hele situasie nie, maar jy besef nie wat
dit vir my beteken om jou te help ontwikkel in die
mens wat ek wéét jy is nie."

"Hoe kan jy dit weet? Hoe kan jy soveel vertroue
in my hê as jy weet my lewe vóór my ongeluk was 'n
totale mislukking?"

Tessa sit orent sodat sy reguit na hom kan kyk.
"Ek wéét dit net. As jy net die helfte van die vertroue
wat ek in jou het ook in my het, sal jy my toelaat om
dit aan jou te bewys."

"Natuurlik vertrou ek jou, Tes. Hoe kan ek anders
na alles wat jy vir my gedoen en beteken het?"

Sy lig haar hand en stoot dit deur sy hare, wat
stadig maar seker begin groei. "Beteken ek werklik
iets vir jou, Butch?"

"Meer as wat jy ooit sal besef." Tessa weet
instinktief dat hy niks van sy kant af sal doen om die
afstand tussen hulle te oorbrug nie, dus leun sy self
nader en vee met haar lippe oor syne.

'"Tessa ... moenie," prewel hy skor, maar hy druk
haar nie weg nie, en toe sy haar mond oopmaak teen
syne, kreun hy soos 'n gewonde dier voordat hy haar
uiteindelik nadertrek en soen soos hy byna drie
maande tevore gedoen het.

Om Tessa so in sy arms te hou, wek herinneringe
by Drian op waaraan hy geen naam kan gee nie. Hy
weet net dat hy haar vir ewig daar wil hê, dat hy haar
wil troetel en beskerm, al kos dit hom ook wat. Dit
beteken egter dat hy haar teen homself ook sal moet

beskerm, want hy mag haar nie liefhê nie – nie voordat hy iets het om haar te bied nie.

Uiteindelik kry hy êrens die krag vandaan om haar van hom af weg te stoot. "Tes, nee. Dit mág nie weer gebeur nie, en ek het jou belofte nodig dat jy my daarmee sal help."

"Hoekom? Jy kan dit nie wegsteek nie ... jy voel so aangetrokke tot my soos ek tot jou."

"Ek het jou lief," erken hy eerlik. "Maar totdat ek die dag na jou toe kan kom met meer as 'n streepsak vol stinkende, vuil klere, sal jy nie weer daardie woorde uit my mond hoor nie. En as jy jou hoegenaamd aan my gaan opdring en my in die versoeking gaan probeer lei, gaan ek nóú by daardie deur en uit jou lewe stap. Gaan dit dít wees, of is jy bereid om te wag totdat ek iets het om jou te bied?"

"Hoe kan jy dit van my vra? Noudat jy my een keer in jou arms gehou het, kan jy my nie weer opsy stoot nie. Ek het jou lief!"

"Dan laat jy my geen keuse nie, Tessa." Hy staan op en begin wegstap.

Sy sit regop. "Waarheen gaan jy nou?"

"Ek weet nie, maar ek sal wel oor die weg kom, Een ding waarvan ek seker is, is dat ek nie weer sal kan terugkeer na die lewe wat ek voorheen gelei het nie. In daardie opsig het die ongeluk – en jy – my 'n sterker mens gemaak."

Hy stap uit, maar Tessa skarrel van die bed af en agter hom aan.

"Nee! Jy kan nie weggaan nie. Ek kan jou nie verloor nie." Sy gaan staan voor hom om hom te keer.

"Ek móét gaan om jou teen my te beskerm, Tes."

"Moenie weggaan nie, asseblief," pleit sy desperaat. "Ek ... ek sal jou help. Ek sal wag totdat jy gereed is om na my toe te kom."

"Is jy doodseker, Tes? Dink mooi voordat jy antwoord, want ek gaan nie toelaat dat daar iets tussen ons ontstaan wat moontlik jou lewe kan verwoes nie."

"Ek ... is doodseker. Maar kan ek jou net vra om my ... nog een maal vas te hou? Net één maal, om my krag te gee?"

Dit lyk asof Drian van haar af wil wegvlug, of hy van homsélf af wil wegvlug, maar uiteindelik laat val hy die een kruk en hou sy arm na haar toe uit. Tessa stap tot teen hom, vou haar arms om hom en klou soos 'n drenkeling aan hom vas terwyl sy haar mond na hom oplig.

Die soen is nie naastenby so beheers as wat dit 'n paar minute tevore in haar slaapkamer was nie, maar albei van hulle put desperaat krag uit die ander se aanraking.

Dis Tessa wat uiteindelik haar kop terugtrek en van hom af wegtree. Hulle oë gly oor mekaar se gesigte en ontmoet dan vir oulaas met 'n warm boodskap van liefde daarin voordat Tessa afbuk en sy kruk optel.

"Ek gaan nou vir ons iets maak om te eet voordat ek vir my aanddiens hospitaal toe moet gaan. Lus vir enigiets besonders?"

Drian lyk soos 'n dikbekseuntjie. "Nee. Om die waarheid te sê, ek is nie juis honger nie."

"Snert. Jy moet eet om jou kragte op te bou. Ek sal kyk wat ek kan saamslaan." Sy draai om en stap kombuis toe, waar Drian haar saggies hoor neurie terwyl sy besig raak met die kos.

Hy frons omdat hy dit nie kan verstaan nie. Hoe kan sy sing terwyl hy met 'n frustrasie in hom sit wat sy maag heeltemal op 'n knop laat trek?

Toe sy 'n rukkie later klaar is met die kos, bring sy vir hom 'n skinkbord sitkamer toe en gaan sit dan self plat op die mat met haar bord kos. Hulle praat nie terwyl hulle eet nie, en Drian sug verlig toe sy eindelik opstaan om te gaan gereedmaak om hospitaal toe te gaan. Tog bly hy intens bewus van elke geluid wat uit haar kamer kom.

"Ek gaan nou," sê sy 'n paar minute later met 'n vrolikheid wat hy nie kan verklaar nie. "Enigiets wat ek vir jou kan saambring?"

"Geen boemelaars nie, asseblief," brom hy nors en luister dan na haar soet laggie toe sy by die deur uitstap. Hy weet instinktief dat dit moeilike dae is wat vir hom voorlê. Hy kan nie wag dat die gips moet afkom nie, want sy lewe sal so gou as moontlik 'n definitiewe koers moet kry, anders gaan hy van sy verstand af raak.

Hoofstuk 6

Vandat Drian se gips verwyder is, is hy byna nooit bedags by die huis nie, maar toe Tessa een middag met 'n vaart daar aankom, is hy wonder bo wonder in die woonstel.

"Butch!"

"Hallo, Tes. Wat is op jóú spoor?" wil hy geamuseerd weet toe sy hom in sy kamer opspoor.

"Ek is so bly jy is hier." Sy prop 'n groot sak in sy arms. "Trek aan."

Hy maak die sak oop en loer daarin. Die glimlaggie op sy lippe verstrak en maak plek vir 'n koue trek van woede. "Ek wil nie nog iets van jou hê nie! Hoeveel keer moet ek dit nog vir jou sê?"

Hy gooi die sak klere voor haar voete neer en stoot haar byna hardhandig uit sy pad uit. "Ek gaan uit. Moenie vir my wag nie."

"Butch, wag!"

"Waarvoor, Tessa? Vir nog 'n geskenkpak vol klere? Nee, dankie!"

"Luister net 'n oomblik na my – ás jy verby hierdie hoogmoedige trots van jou kan kom."

Hulle staan teenoor mekaar: kwaad, seergemaak en gereed om mekaar kwetsende woorde toe te voeg.

Tessa haal diep asem en dwing haarself tot kalmte. "Ek is jammer, Butch. Ek het heeltemal verkeerd te werk gegaan."

"Is daar 'n regte manier om my te dwing om aalmoese te aanvaar, Tessa? Want dan kan jy jouself die moeite spaar. Ek stel net nie meer belang nie."

"Ook nie in my nie?" wil sy sag weet en roer met daardie woorde presies die regte snaar aan om Drian se woede en sarkasme heeltemal te laat sneuwel.

Die harde lyne om sy mond versag effens. "Daaraan hoef jy nooit te twyfel nie, Tes, maar ek is bang dat hierdie situasie daardie gevoel later aan heeltemal gaan verdring. Ek kan nie langer so aanhou nie."

"Jy hóéf nie. Jy gaan vir 'n onderhoud, en dis belangrik dat jy suksesvol lyk. Dis waarom ek die klere gekoop het. En Butch, ek het nog nooit van jou verwag om aalmoese van my te aanvaar nie. Ek het elke liewe sent wat ek op jou uitgegee het, neerge-skryf, ter wille van jou. Jy kan dit alles terugbetaal as jy eers werk gekry het, as jy regtig wil, en ek wéét jy gaan hierdie werk kry."

"Werk? Onderhoud? Waarvan praat jy?"

"Daar was vandag 'n man in my spreekkamer. Hy is 'n restauranteienaar. Sy vrou is 'n paar maande gelede in 'n motorongeluk oorlede. Hulle kind was saam met haar in die kar en het baie seergekry. Hy moet nou baie aandag aan die kind gee, en daarom soek hy 'n bestuurder vir sy restaurant."

"Maar dis 'n geklike idee. Wat weet ek van 'n restaurant af?"

"Hy is bereid om jou 'n kans te gee, Butch. Ek het hom vertel dat jy aan geheueverlies lei en dus nie weet of jy dit sal kan doen nie, maar dat jy bereid sal wees om dit te waag. Is ek verkeerd?"

"Wat daarvan as ek dit nie kan doen nie?"

"Dan probeer jy iets anders, maar ek wéét jy sal dit kan doen. Vertrou my. Ek wéét," herhaal sy. Sy twyfel werklik nie daaraan nie. Al verloor 'n mens jou geheue, gaan basiese kennis nie verlore nie. Dit skuil wel onder die oppervlak, maar as die deksel effens gelig word, sal al die kennis daar wees, beskikbaar vir gebruik. Drian hét die kennis. Hy het tog self vir haar vertel dat hy letterlik in 'n restaurant grootgeword het.

Drian haal 'n slag diep asem en Tessa sien die onsekerheid in sy oë.

"Asseblief, Butch. Doen dit vir ons. Doen dit vir my," pleit sy en sien dan hoe hy stadigaan begin vermurwe. Die trotse hardkoppigheid en die vrees maak plek vir 'n skewe glimlag.

"Wat sou ek sonder jou gedoen het?"

Met 'n gil van blydskap storm Tessa op hom af en slaan haar arms om sy nek. "Dankie! Dankie! Dankie!" roep sy uit en plant na elke dankie 'n klapsoen op sy mond.

Net vir 'n oomblik lyk dit asof Drian gaan reageer, haar spontane soene gaan beantwoord, maar dan maak hy haar arms om sy nek los en tree doelbewus terug. Daar is egter 'n vreemde lig in sy oë toe hy vir haar glimlag.

"Moenie te gou opgewonde raak nie. Ek het nog nie die werk gekry nie, al het jy probeer toutjies trek vir my." Hy lyk egter nie kwaad daaroor nie. "Laat ek nou daardie skuldklere van my gaan aantrek en kyk of ek weet wat in 'n restaurant aangaan."

"Ek sal saam met jou gaan."

Hy lig sy ken op 'n manier wat Tessa duidelik laat verstaan dat hy dit nie gaan toelaat nie. "Nee. Gee net vir my die adres. Ek sal alleen gaan."

"Maar, Butch..."

"Daar is geen maars nie, Tes. Ek gaan alleen. Jy wag vir my hier by die woonstel."

Tessa weet dat hy nie verder daaroor gaan redeneer nie. Tog gee sy nie werklik om nie. Inteendeel, sy is trots op die manier waarop hy homself laat geld. Hierdie hele bedrogspul kon ge-boemerang het en hom heeltemal van haar vervreem het, maar dit het nie. Uiteindelik is die wag die moeite werd. Dis nie meer lank nie, dan sal sy en Drian mekaar openlik kan liefhê, sonder enige struikelblok in hulle pad, al is dit met 'n ander naam vir hom.

Dit word 'n middag van naels kou vir haar, maar toe Drian uiteindelik die woonsteldeur oopmaak, sien sy met die eerste oogopslag dat alles goed gegaan het.

"Butch?"

"Ek het dit gekry, Tes, en jy was reg. Toe ek deur daardie restaurant gestap het, het dit vir my so … bekend gevoel, asof dit 'n wêreld is wat ek ken."

Sy staan op, maar stap nie nader nie. Sy staan net daar en wag, en uiteindelik hou Drian sy arms vir haar oop. Tessa wil lag, maar dis die trane wat wen toe sy uiteindelik in sy arms staan.

Drian se mond eis hare met 'n dringendheid op wat alles om Tessa laat duisel. Hy is egter nie net daarmee tevrede nie. Sy lippe gly oor haar gesig, vee die trane van haar wange af en streel oor haar nat ooglede voordat hy uiteindelik sy kop oplig en met 'n tergende teerheid na haar afkyk.

"En nou … hierdie trane? Ek dog jy sou ekstaties wees van geluk, nou staan jy en grens."

"Ek huil omdat ek so gelukkig is," sê sy met 'n snik teen sy bors. "Ek het alles wat ek van die lewe verlang."

Nie heeltemal alles nie, dink Drian. Al het hy 'n werk, sal die verlede altyd 'n teisterende geheim bly, totdat hy die dag weet wie hy is en waar hy vandaan kom. Hy mag dalk Tessa se liefde besit, maar hy sal haar nooit volkome syne kan maak voor hy weet wie en wat hy was nie … voor hy weet wat hom daartoe gedryf het om 'n swerwersbestaan te voer nie.

Maar vir eers is dit genoeg om te weet dat hy Tessa kan liefhê en dat hy haar in sy arms kan hou en kan liefkoos wanneer hy wil.

In die dae wat volg, sluip daar egter 'n nuwe soort spanning in hulle lewe in, 'n ongemaklikheid wat baie subtiel afstand tussen hulle bring.

Drian begin die volgende dag reeds werk, en Tessa doen haar week vrywillige aanddiens.

Toe haar skof die tweede aand verby is, jaag sy woonstel toe, haastig om by Drian te kom om van die dag se gebeure te hoor en, die belangrikste van alles, om sy arms om haar te voel.

By die woonstel is dit egter pikdonker.

"Butch?" roep sy in die donker woonstel toe sy die deur agter haar toestoot, maar sy kry geen antwoord nie. Sy skakel die ganglig aan en loer by sy kamer in, en sien dan dat hy alreeds lê en slaap.

Sy frons. Sou daar dalk iets fout wees? wonder sy. Is hy dalk siek? Die restaurant bly tot laat oop. Hy kon nie só lank voor haar by die huis gekom het nie.

Sy stap op haar tone tot langs die bed en sit haar palm sag oor sy voorkop. Dis koel, sonder enige teken van koorsigheid. Sy asemhaling is diep en rustig.

Teleurgesteld draai sy om en stap weer uit. Dan moet sy maar gaan bad en ook gaan slaap, dink sy. Maar sy het so daarna uitgesien om met hom te gesels, om te hoor hoe sy eerste dag by die restaurant was, om net naby hom te wees.

Toe hy die badkamerdeur hoor toegaan, sug Drian verlig en draai op sy ander sy. Hy voel soos 'n skurk om so op te tree, maar dit kan nie anders nie.

Vir die res van die week hou hy dit vol, maar Saterdagoggend werk nie hy of Tessa nie en is dit dus onmoontlik om haar te vermy. Hy sorg dat hy so laat as moontlik slaap, maar toe hy haar in die kombuis hoor werskaf en die geur van ontbyt sy kamer bereik, weet hy dat hy nie langer sal kan wegkruip nie. Tessa is kapabel en bring vir hom ontbyt in die bed, en dit kan hy nie bekostig nie. As sy voor hom staan, sag en vroulik met net haar nagklere en japon aan...

Hy skuif ongemaklik in sy bed rond toe hy haar beeld voor hom optower en gooi dan die beddegoed vies van hom af.

Hy is besig om aan te trek toe Tessa aan sy deur klop.

"Butch? Is jy wakker? Ek het vir jou ontbyt gebring."

"Ek is besig om aan te trek, Tessa. Ek sal saam met jou in die eetkamer kom eet."

"O... Goed."

Hy hoor die teleurstelling in haar stem en Drian voel soos 'n wurm, maar hy weet wat gaan gebeur as hy saam met Tessa in 'n intieme situasie beland. Dis ter wille van haar dat hy haar moet vermy.

Tessa is toe geen prentjie van verleidelikheid in haar nagklere nie, want sy het alreeds aangetrek en grimeer. Nie dat dit haar minder begeerlik maak nie, dink hy omgekrap.

Sy glimlag vir Drian toe hy by haar aansluit. "Môre, slaapkous. Ek is bly om te sien jy lyk so uitgerus," terg sy.

"Ja, dit was 'n harde week. Ek is duidelik nie lang ure gewoond nie."

"Enige dokter is lang ure gewoond," sê Tessa voordat sy dink.

"Kan ek jou daaraan herinner dat jy die dokter is en nie ék nie, dokter Rossouw?" terg hy sonder om agter te kom dat Tessa effens verbleek het. "Dis een ding om saam met 'n dokter te woon, dis 'n ander om self een te wees ... dink ek."

"Hoe gaan dit met die werk by die restaurant?" vra Tessa om weg te kom van die onderwerp af.

Drian glimlag. "Lekker. Jy het die regte ding gedoen deur jou intuïsie te vertrou. Ek voel so tuis in daardie restaurant dat ek geen twyfel het dat dit op een of ander manier verband hou met my verlede nie.

"Wat beplan ons vir vanoggend? Siende dat ek 'n voorskot op my salaris gekry het, kan ek jou dalk uitneem vir 'n koppie tee." Enigiets om weg te kom uit die woonstel uit voordat hy dalk in 'n oomblik van swakheid toegee aan drange wat hy tot nou toe nog kon onderdruk.

"Ek is nie werklik lus vir uitgaan nie. Kan ons nie net hier bly en 'n bietjie gesels nie?"

"Nooit gesien nie. Ek sien al lank uit na die dag wat ek jóú vir 'n slag kan trakteer. Buitendien móét jy 'n bietjie uitkom. Jy het 'n harde week agter die rug."

Tessa sien dat daar geen salf aan Drian te smeer is nie. "Nou goed. Dieretuin," sê sy met 'n sug.

"Dieretuin? Wil jy dieretuin toe gaan?" vra Drian en kan byna nie sy geluk glo nie. By 'n dieretuin kan hy haar so gedaan loop dat sy so vroeg as moontlik in die bed sal wil klim met net een ding in gedagte; om te slaap.

Tessa knik.

Hy glimlag tevrede. "Die dieretuin sal dit dan wees, my liewe Tes. Laat ons gaan. Die skottelgoed kan later gewas word. Trek gemaklike skoene aan, hoor," waarsku hy.

Hulle is binne 'n japtrap gereed om te gaan, maar net nadat Drian die woonsteldeur gesluit het, lui die telefoon.

"Is jy op roep?" wil hy weet.

"Nee."

"Dan gaan ek nie toelaat dat iets ons dag omkrap nie. Stap jy solank aan, dan raak ek ontslae van wie ook al na jou soek."

"Is Tessa dalk daar?" vra 'n onbekende manstem toe Drian die oproep beantwoord.

"Ongelukkig nie. Is daar 'n boodskap? Wie is dit wat praat?"

"Dit is Braam Coetzee."

"Ek sal haar sê jy het gebel. Wat is jou nommer daar, dan kan sy jou vanaand terugskakel."

"Sy ken die nommer... Mag ek weet met wie praat ék? Jou stem klink ongelooflik bekend," wil Braam weet.

"My naam is Butch."

"Butch? Die ... boemelaar?"

Drian frons. "Ken jy my?"

Braam lag skepties. "Ek behoort. Jy was op my plaas toe jy die ongeluk gehad het. Of laat ek dit anders stel: ek was toe nog Tessa se plaasbestuurder, maar ek het intussen die plaas gekoop omdat sy nie meer hierheen wil kom nie. Maar as ek eerlik moet wees, Butch, jy klink glad nie soos die boemelaar wat ek hier leer ken het nie. Watse towerstaffie het Tessa geswaai om jou so te verander, en wat doen jy daar in haar woonstel?"

"Kyk, ek weet niks van die ongeluk af nie. Om die waarheid te sê, ek weet net mooi niks van myself af nie. Vandat ek my bewussyn herwin het na die ongeluk, ly ek aan geheueverlies. Tessa het my daar in die hospitaal begin besoek en my toe hierheen laat kom toe ek ontslaan is. Met haar hulp het ek 'n goeie werk gekry en is ek vinnig op pad om op my eie voete te staan." Drian weet nie hoekom hy homself moet verduidelik nie, maar iets aan die man se stem plaas hom op die verdediging.

"Ek is bly. Ek sal nie daarvan hou as Tessa uitgebuit word nie," sê Braam reguit. "Sy is baie ... kwesbaar in hierdie stadium."

Drian is besig om hom gruwelik te vererg. "Ek hou nie van wat jy besig is om te insinueer nie, my vriend."

"Luister, ek is jammer as ek besig is om jou verkeerd op te vryf, maar Tessa was nog altyd vir my soos 'n suster. Haar lewe is ongelukkig so 'n paar maande gelede sleg omgekrap deur 'n baie goeie vriend van haar se dood. Dis net logies dat sy iets sou doen om haar aandag van Drian Malherbe se dood af te lei. Ek is net bang sy raak té betrokke by jou. Jy verstaan wat ek probeer sê, nie waar nie?"

"Baie duidelik, maar ek wil vir jóú sê dat die verhouding tussen my en Tessa óns saak is. Niemand het iets daaroor te sê nie. Ek kan jou egter die versekering gee dat ek haar nooit sal uitbuit nie. Nou sal jy my asseblief moet verskoon. Ek was op pad uit. Totsiens, meneer Coetzee."

Drian plak die telefoon neer en stap uit na waar Tessa by die motor vir hom wag. Toe hy by haar kom, haak sy haar arm deur syne.

"Jy was lank weg. Ek het al begin wonder wat van jou geword het. Wie was dit wat gebel het?"

Drian huiwer 'n oomblik. "Ene Braam Coetzee. Ek het gesê jy sal hom vanaand terugbel. Jy ken blykbaar sy nommer."

"Braam!" Haar hele gesig verraai dat sy geskrik het, en Drian se oë vernou. Wat is dit wat Tessa so ontstel? Dalk die verbintenis tussen Braam en die vriend van haar wat dood is?

Wat dit ook al is, Drian voel 'n skaduwee tussen hulle huiwer. Hy het Tessa lief, maar hy is nie bereid om vir haar vorige liefde in te staan nie.

"Kom ons gaan. Ek sal Braam later terugbel."

Tessa is skielik haastig om weg te kom en Drian besluit om haar haar sin te gee, maar hy is vasbeslote om uit te vind wat aan die gang is.

Die atmosfeer tussen hulle is bederf, en kort na 'n ligte middagete in die dieretuin se teetuin besluit hulle om terug te gaan woonstel toe.

Toe hulle uit die parkeergarage gestap kom, trek Tessa haar asem skerp in.

"Wat is dit?" wil Drian bekommerd weet. Tessa is spierwit en sy kyk na iemand agter hom. Hy draai om en sien dan 'n soortgelyke reaksie op 'n wildvreemde man se gesig, maar die man kyk na hóm.

"Jy!" sê die man geskok, maar voordat Drian iets kan sê, tree Tessa vorentoe.

"Braam, dis Butch. Jy het vanoggend met hom oor die telefoon gepraat, onthou jy?" sê sy met 'n dringende klank in haar stem.

Braam kyk na Tessa en dan weer terug na Drian. "Tessa..."

Drian tree vorentoe tot langs Tessa. "Ek weet ek lyk heelwat anders as toe jy my blykbaar laas gesien het, meneer Coetzee. Toe ek my bewussyn herwin het, het die suster vir my gesê dat hulle my hare en baard moes afskeer om my beserings te behandel. Maar wat jy ook al van my onthou, ek is nie meer dieselfde mens as 'n paar maande gelede nie," probeer hy Braam op 'n manier gerusstel.

"Dit kan jy weer sê," prewel Braam geskok. Hy kyk weer na Tessa. "Tessa, wat is hier aan die gang?"

"Ek dink jy moet opkom na my woonstel toe, Braam. Ek sal alles daar verduidelik. Ek is seker Butch sal nie omgee om ons 'n rukkie alleen te laat nie."

"Nee, natuurlik gee ek nie om nie. Ek sal 'n ent gaan stap. Sal halfuur genoeg wees?"

"Ja, dankie, Butch," antwoord Tessa verlig. "Kom ons gaan woonstel toe, Braam," stel sy voor, gretig om Braam en Drian van mekaar af weg te hou.

Die oomblik toe hulle by die woonstel instap, swaai Braam haar met 'n stewige hand op die skouer om sodat hy haar reguit in die oë kan kyk.

"Wat de hel gaan hier aan, Tessa? Moenie weer vir my probeer vertel dat daardie man Butch die boemelaar is nie. Jy weet net so goed soos ek dat dit Drian Malherbe is! Wat gaan aan? Was dit alles 'n fynbeplande komplot deur jou en Malherbe? Wou sy vrou hom nie 'n egskeiding gee nie?"

"Is jy van jou verstand af?" roep Tessa geskok uit.

"Nee! Dis jý wat van jou verstand af is! Jy én Malherbe, as julle dink julle gaan hiermee wegkom!"

"Hy ... Drian is onskuldig. Hy het nie eers die vaagste idee van wie hy werklik is nie!"

"Regtig?" vra Braam sarkasties.

"Gaan julle dus volhou met die storie dat hy aan geheueverlies ly?"

"Dis nie 'n storie nie. Dis die waarheid." Tessa sidder liggies. "En jy weet nie hoe vrees ek die dag wanneer hy gaan uitvind wie hy werklik is nie."

Braam kyk lank en deurdringend na haar en besef dan dat Tessa nie besig is om vir hom te jok nie. Drian Malherbe is werklik onder die indruk dat hy 'n boemelaar was voordat hy daar van die kranse afgeval het. "As hy dan nie dood is nie, wie is met daardie bakkie en karavaan teen die berghang af?" wonder hy hardop.

"My gesonde verstand sê vir my dat dit die boemelaar is wat daar verongeluk het. Moontlik het hy Drian sien val en besluit om sy kans te neem en met sy bakkie en karavaan daar weg te ry."

"Maar Malherbe se vrou het dan die liggaam uitgeken as syne!"

"Onthou jy nie wat die mense die dag daar op die begrafnis gesê het nie? Dat Chantelle hom bloot aan sy polshorlosie kon uitken? Sy liggaam was baie erg geskend en sy gesig vergruis."

"En as die horlosie Drian s'n was, asook die bakkie en die karavaan, was dit seker logies om te aanvaar dat dit hy was wat in daardie bakkie was. Kon Butch vir Drian dalk beroof het en hom daar van die kranse afgegooi het?"

Tessa sug moedeloos. "Ek weet nie en tensy Drian sy geheue herwin, is dit iets wat ons nooit vir seker sal weet nie."

"Wanneer het jy besef dat dit Drian is wat daar in die hospitaal lê en nie die boemelaar nie?" wil Braam weet, vreemd gefassineer deur die hele deurmekaarspul.

"Ek het eintlik van hom vergeet daar in die hospitaal, totdat ek my week vrywillige aanddiens daar gedoen het. Toe ek die aand van diens af gekom het, het ek daar gaan inloer. Hy het toe nog nie sy bewussyn herwin nie, maar die bloeding op die brein was toe al onder beheer.

"Die volgende aand het die suster vir my kom sê dat hy sy bewussyn herwin het en dat die polisie foto's van hom sou versprei as hy eers herstel het. Sy het ook genoem dat hy 'n baie prominente geboortevlek op sy bors het. Ek kon dit nie glo nie, maar toe ek self gaan kyk het, móés ek eenvoudig die waarheid aanvaar. Dit was Drian."

"Maar hoekom het jy daaroor stilgebly? Hoekom het jy nie vir iemand gesê die man is eintlik dokter Malherbe nie? Dat die verkeerde man begrawe is nie?"

Tessa kyk na hom, en in haar oë sien Braam die skulderkenning van haar bedrog, en 'n woordelose pleidooi dat hy ook die waarheid moet verswyg.

"Hoe kón jy dit doen, Tessa?"

"Ek het dit gedoen omdat ek hom liefhet, Braam. Hy was baie ongelukkig getroud. Ek kon hom nie na haar toe laat teruggaan nie."

"Hy kon doodeenvoudig van haar geskei het!"

"Hy ... hy het gesê hy gaan, maar ek het geweet dat as hy eers teruggaan Kaapstad toe, ek hom finaal gaan verloor. Hy het miskien geen gevoel meer vir sy vrou gehad nie, maar hy sou enigiets doen om sy kinders gelukkig te maak ... al sou dit ook beteken by moes van ons liefde vir mekaar vergeet."

"Met jou selfsugtigheid ontneem jy daardie kinders hulle pa, Tessa, en Drian sy kinders. Het jy vergeet hoe hartseer daardie klein dogtertjie van hom by die begrafnis was?"

"Nee! Hoe sal ek dit ooit kan vergeet? Maar wat hulle aanbetref, is hy dood. Hoekom hulle almal blootstel aan nog 'n trauma – om uit te vind dat hy eintlik lewe, maar dat hulle hom net weer gaan verloor? Ek kán hom nie laat gaan nie. Voorheen was ek bereid om terug te staan ter wille van sy kinders, maar na sy begrafnis het ek ontsettende selfverwyt in my rondgedra omdat Drian sielsongelukkig was die dag toe hy 'dood' is. Weet jy dat ek selfs gewonder het of hy nie moedswillig daar af gery het om 'n einde aan alles te maak nie?"

Braam skud sy kop. "Ek kan nie goedkeur wat jy doen nie, Tessa, maar ek kan verstaan hoekom jy dit doen."

"Dan ... dan sal jy stilbly? Jy sal nie vir Drian vertel wie hy werklik is nie?"

"Ek sal stilbly. Ek hoop net dat hierdie desperate stukkie bedrog van jou nie eendag lelik gaan boemerang nie. Op 'n dag gaan hy onthou en dan gaan hy nie sommer net aanvaar wat jy gedoen het nie."

"Dit sal nie. As Drian die dag sy geheue herwin, sal hy weet ek het dit gedoen ter wille van hom ... ter wille van ons liefde."

"Ek hoop vir jou part so, en ek is werklik bly vir jou part dat jy en Drian uiteindelik by mekaar uitgekom het. Ek het tien jaar ouer geword toe ek vanoggend hiernatoe gebel het en uitgevind het dat jy 'n boemelaar by jou laat intrek het, veral toe hy my kort en kragtig meegedeel het dat die verhouding tussen julle niks met iemand anders uit te waai het nie."

"Is dit hoekom jy hierheen gekom het?"

Braam gee 'n skuldige laggie. "Ja, en om jou te kom uitnooi na my en Brenda se troue toe. Ons het besluit om volgende week die knoop deur te haak. Sal jy ... julle kom?"

"Natuurlik sal ons kom. Baie geluk, Braam. Ek hou van Brenda. Sy is 'n oulike meisie en ek dink julle pas pragtig by mekaar."

Braam glimlag gelukkig. "Sy is nie net oulik nie – sy is 'n wonderlike meisie. Die enigste wat ek ooit sal liefhê."

"Soos wat Drian Malherbe die enigste man is wat ék ooit sal liefhê. Dankie dat jy verstaan, Braam."

"Moet net nie jou vingers verbrand nie, Tessa. Jy speel 'n gevaarlike speletjie."

Hoofstuk 7

Voor die woonsteldeur draai Drian om en strompel weg voordat Braam uitkom en hom daar sien. Hy stap 'n ent op in die straat en kruis die pad sonder om hom aan die verkeer te steur. 'n Motor mis hom rakelings, maar Drian is nie eers bewus daarvan nie.

"Soos wat Drian Malherbe die enigste man is wat ék ooit sal liefhê," weerklink Tessa se woorde oor en oor in sy kop.

Tessa, die meisie wat hom letterlik van die straat af gered het en hom weer sin in die lewe gegee het. Die meisie wat hy bo alles liefhet ... maar dit is alles verniet, want haar hart behoort aan iemand anders. Aan Drian Malherbe – 'n man wat reeds dood is.

Hoe stry 'n mens teen so iets? As dit 'n man was wat nog geleef het, kon hy probeer het om Tessa se hart op 'n eerlike manier te wen, maar teen herinneringe het hy nie 'n kans nie.

Herinneringe? Ba! Gister het Braam Coetzee se woorde die gedagte by hom laat ontstaan dat Tessa hom dalk gebruik om van 'n ander man te vergeet. Vandag weet hy dat dit meer as bloot 'n gedagte is. Dis die wrede werklikheid. Hy ervaar 'n onbeskryflike woede omdat sy hom so om die bos gelei het, so misbruik het. Vir hóm, wat die hele tyd bang was dat sy dit van hóm sal dink!

Later bedaar die woede, maak dit plek vir iets anders, stille bewondering omdat sy nie op 'n hopie gaan sit en treur het oor iets wat sy nooit sou kon kry nie. Nee, sy het uitgegaan en iemand gaan soek op wie sy haar aandag kon toespits, iemand wat sy aan haar kon bind omdat sy geweet het dat daar 'n leeftyd se alleenwees op haar wag as sy nie self iets doen nie.

Maar hy het nog steeds sy trots, en hy weet Tessa het háár trots. Hy sal haar nie gaan konfronteer met wat hy weet nie. Hy sal teruggaan en die skyn van normaliteit handhaaf en dan maar net op 'n normale wyse uit haar lewe verdwyn. Om by haar te bly en te weet sy het hom nie werklik lief nie, sal hy nooit kan hanteer nie.

Tessa is rasend van bekommernis toe hy uiteindelik by die woonstel aankom. Sy gooi haar arms om sy nek en baklei met hom van verligting daaroor dat hy niks oorgekom het nie.

"Waar wás jy? Ek was byna van my kop af toe dit al later word en jy steeds nie terugkom nie."

Drian hou haar 'n oomblik vas, maar dan maak hy haar arms om sy nek los en tree van haar af weg.

"Ek het verdwaal," maak hy kalm verskoning.

"Verdwaal?"

"Ja. Ek het verder gestap as wat ek gedink het en toe 'n bietjie koers verloor, maar ek het darem uiteindelik weer hier uitgekom, dus is daar niks om oor bekommerd te wees nie. Ek sal môre weer gaan rondstap om die omgewing 'n bietjie te leer ken."

Tessa frons. Na al die tyd wat Drian op sy eie was en werk gesoek het, verdwaal hy nog? Dis vir haar eienaardig, maar sy tob nie lank daaroor nie.

"Goed. Ek sal vir jou 'n kaart êrens in die hande kry en jou dan môre rondneem sodat jy meer vertroud kan raak met die omgewing," stel sy prakties voor.

"Nee, jy sal my nêrens heen neem nie. Dis beter dat ek dit op my eie doen. Ek kan nie vir ewig op jou staatmaak nie."

"O..." Sy probeer die teleurstelling agter 'n glimlaggie verberg. "Ek het vir ons iets gemaak om te eet terwyl ek vir jou gewag het. Sal ek solank tafel dek?"

"Nee. Ek is jammer vir die moeite, maar ek is nie nou honger nie. Ek het sommer by 'n kafee vir my 'n vleispastei gekoop. Wat ek nou wil hê, is 'n stort en 'n bed. Ek is pootuit. Sal jy my verskoon?"

Hy wag nie vir 'n antwoord nie, draai net om en stap badkamer toe. Hy gaan klim onder 'n yskoue stort in en probeer sy bes om die seerkry in Tessa se oë te vergeet, maar dis nie so eenvoudig nie.

Toe hy later in sy bed lê en rondrol, hoor hy haar gesmoorde snikke. Met 'n swetswoord gooi hy die beddegoed van hom af en stap na haar kamer toe.

Haar kamerdeur is toe, maar hy klop nie eers voordat hy die deurknop draai en instap nie.

Sy lig haar kop op en kyk verskrik om toe hy langs haar op die bed gaan sit, maar dan druk sy summier weer haar dikgehuilde oë in die kussing in. "Wat soek jy hier? Ek dog jy slaap al," mompel sy gesmoord.

Drian sug. "Ons sal moet praat, Tes. Dit kan nie so aanhou nie. Miskien is dit tyd dat ons eerlik is met mekaar ... oor hoekom jy my werklik in die hospitaal gaan haal en hierheen gebring het."

Sy lig weer haar kop op om na hom te kyk. Hy lyk weer soos die Drian wat sy op die plaas leer ken het – kaal bolyf, kaal voete en met net 'n kortbroek aan, maar wat sy in sy oë sien, laat haar stadig regop sit. Vrees vou met koue vingers om haar hart.

"Kan jy dan nóg twyfel? Ek het jou lief."

"Die man wat jy liefhet, is dood en begrawe!"

Haar kop ruk op. "Jy het my en Braam se gesprek gehoor..." spreek sy haar gedagtes hardop uit. "Wat ... wat het jy alles gehoor?" Haar stem is skor en haar gesig wasbleek.

Drian staan op en kruis sy arms oor sy bors terwyl hy wegdraai van haar af. "Genoeg om te besef dat jy my bloot as 'n projek sien om jou gedagtes mee besig te hou terwyl jy probeer om van hóm te vergeet. Jy kan nie daaroor stry nie, Tes – jy probeer my in sy plek stel, van my Drian Malherbe maak wat jou lewe sal vul soos wat hy dit gedoen het."

"Dis nie waar nie, Drian," glip sy naam onverhoeds oor haar lippe, en sy slaan haar hand oor haar mond toe sy besef wat sy gesê het.

Drian draai terug na haar toe, sy gesig bleek en strak. "Ek dink dit bewys presies my punt. Jy probeer van my die man maak wat jy verloor het." Hy tree vorentoe en gaan sit weer langs haar op die kant van die bed. Sy vingerpunte vreet in haar skouers in. "Maar ek kan dit nooit wees nie, Tes. Ek was niks anders as 'n nikswerd boemelaar toe ek die ongeluk gehad het nie, en nou is ek nog minder, want ek weet nie eers wat my daartoe gedryf het om 'n swerwersbestaan in vieslike vuil klere te voer nie."

"Jy wéét jy sou nooit daarheen kon terugkeer nie, Butch. Miskien moet jy die ongeluk as 'n bedekte seën sien, want dit het jou die kans gebied om jou lewe oor te begin. Jy kon jou nie eers sélf vereenselwig met daardie vuil klere nie, dus wéét jy dat jy nie daardie soort lewe vrywillig gekies het nie." Haar hande gly teen sy bors op en sy streel oor die hartvormige vlekkie. Sy kán hom nie verloor nie.

"Gee jouself 'n kans, Butch. Gee óns 'n kans," pleit sy openlik.

Drian sidder liggies toe haar lippe sag aan syne raak, maar hy sit roerloos. Sy kantel haar kop, en die sagte aanraking word 'n streling. Toe hy nog steeds geen reaksie toon nie, begin sy haar lippe meer uitdagend teen syne beweeg totdat sy uiteindelik voel dat hy haar begin terugsoen.

Drian is eers terughoudend, maar sit dan sy arms om haar lyf en trek haar op sy skoot neer terwyl sy lippe hare kneus. Sy soene word al driftiger, asof hy 'n woede op haar wil uithaal omdat hy homself nie meer kan beheer nie.

Meteens stoot hy haar van hom af weg en kom in dieselfde beweging orent.

Voordat hy by die deur kom, is Tessa op haar voete. "Waarheen gaan jy?"

Sy oë is hard toe hy na haar kyk, sy gesig strak. "Ek gaan na my kamer toe. Vergeet van enige idees oor ons, Tessa. Ek sien nie kans om vir ewig in Drian Malherbe se skaduwee te leef nie."

Hy stap uit, en Tessa weet met 'n felle sekerheid dat sy besig is om hom te verloor en dat daar niks is wat sy kan doen om dit te keer nie. As sy vir hom die waarheid vertel, gaan sy hom in elk geval verloor, want dan sal hy teruggaan na Chantelle en sy kinders toe. Bly sy stil, gaan hy nooit iets tussen hulle toelaat nie.

Sy oorweeg dit om na hom toe te gaan en weer met hom te probeer praat, maar sy weet dit sal nie nou help nie. Sy sal wag tot die volgende oggend, besluit sy, en dán weer ernstig met hom praat.

Die volgende oggend is dit egter te laat. Toe sy met 'n koppie koffie in sy kamer kom, is sy bed opgemaak, en vir een nare oomblik dink sy dat hy gedurende die nag weggegaan het.

Sy sit die koppie met bewende hande op die spieëlkas neer en maak sy kas oop. 'n Sug van verligting bars oor haar lippe toe sy sy klere sien.

Die hele dag wag sy vir hom, maar hy kom nie terug nie. Die volgende oggend gaan sy werk toe. Direk na haar hospitaalrondtes gaan sy terug woonstel toe om te kyk of hy al daar is, want hy sal tog moet regmaak vir werk.

Hy wás daar, sien sy dan. Op die eetkamertafel lê 'n nota.

Sy tel dit op en voel hoe deeltjie vir deeltjie van haar saam met die woorde sterf.

Hy is weg. Hy het losiesplek gekry en sal later die geld vir haar stuur wat hy haar skuld.

Tessa voel lam van verslaentheid toe sy die nota weer op die tafel neersit. Sy tel haar handsak op en gaan terug werk toe. Sy ploeter deur die dag se ure ... later deur die nag.

Die besef dat sy Drian hierdie keer werklik finaal verloor het, maak haar gevoelloos, sodat sy in 'n blote bestaansroetine verval. Sy gaan hospitaal toe, werk met haar pasiënte, gaan spreekkamer toe, sien nuwe pasiënte, drink tee en eet iets as iemand dit voor haar neersit, gaan terug woonstel toe en raak dan moeg aan die slaap.

Donderdagaand bel Braam om vir haar te sê hoe laat sy en Brenda se troue is, en Tessa moet vir 'n oomblik nadink om te onthou waarvan hy praat.

"O ja. Ek sal Saterdagoggend deurkom."

"En Drian?" wil Braam weet.

"Nee. Hy bly nie meer hier nie."

"Is hy weg?" Braam verstaan nou die snaakse klank wat hy in haar stem hoor. "Tessa, wat het gebeur? Het jy hom die waarheid vertel? Weet hy wie hy is?"

"Nee. Braam, ek wil nie hieroor praat nie, asseblief."

Saterdag ry sy so laat uit die stad uit weg dat sy op die nippertjie op die plaas aankom, waar die troue gehou word. Toe die seremonie verby is; gaan wens sy hulle geluk.

Braam skrik toe hy haar sien, maar voordat hy kans kry om met haar te praat, is sy klaar weer weg.

Drie maande gaan sy so aan, totdat sy een Vrydagaand op pad terug na haar woonstel toe 'n nuusflits van 'n kragtige motorbomontploffing oor die radio hoor. Sy neem dit egter nie werklik in nie, totdat sy besef dat dit by die restaurant was waar Drian werk.

Met 'n klemmende vrees in haar keel verander sy van koers en ry so vinnig as moontlik soontoe. Meer as 'n blok van die restaurant af het die polisie die gebied afgesper. Sy draai haar venster oop toe sy sien dat 'n polisieman 'n ambulans laat deurgaan.

"Ek is 'n dokter!" roep sy vir hom toe hy beduie dat sy nie mag ingaan nie, waarop hy knik en dan opsy staan sodat sy ook kan deurgaan.

'n Entjie van die toneel af hou sy stil en spring uit om haar dokterstas uit die kattebak te kry. Daar is baie mense met beserings wat nog geen aandag gekry het nie en sy spring dadelik in om te help, maar kort-kort lig sy haar blik om te kyk of sy nie vir Drian iewers sien nie.

Uiteindelik buk sy oor Max Winter, die eienaar van die restaurant, wat 'n lelike wond aan sy been het. Hy herken haar dadelik.

"Dokter Rossouw!"

"Waar is Butch? Weet jy of hy seergekry het?" wil sy dringend weet terwyl sy die wond verbind.

"Nee, ek weet nie of hy seergekry het nie, maar hy was nou net nog besig om van die mense te help."

"Waar het jy hom laas gesien?" Hy beduie vaagweg met sy hand in 'n rigting, maar Tessa kry nie kans om hom verder uit te vra nie. Die paramedici kom nader en neem hom weg.

Sy staan op en kyk om haar rond, maar die volgende beseerde wat hulp soek, keer dat sy dadelik na Drian kan gaan soek. Sy bly daar besig totdat 'n swaar hand op haar skouer val.

"Tessa! Wat soek jy hier?"

Drian lyk sleg. Sy gesig is vuil en daar is droë bloed teen sy een slaap. Sy hemp is vuil en geskeur en ook vol bloed.

"Ek was op pad woonstel toe, toe ek van die ontploffing gehoor het. Ek móés kom. Het jy seergekry?"

"Niks ernstigs nie. 'n Ligte hou teen die kant van my kop, maar dit is al. Kan jy hierdie kant kom help? Daar is 'n vrou wat baie seergekry het. Ek het probeer doen wat ek kon, maar dit gaan nog 'n rukkie neem voordat die ambulans weer sal opdaag." Sy hand vou om hare, en Tessa hardloop oor die puin agter hom aan.

Terwyl sy oor die vrou buk, gaan Drian aan om ander beseerdes om hom te help. Tessa kan nie help om te sien met hoeveel gemak hy die normale dinge doen wat hy as dokter geleer het nie. Sy vingers werk met doelgerigte akkuraatheid, wat verklap dat hy weet wat hy doen.

Laat die nag raak dit uiteindelik stil. Die beseerdes is almal gehelp en hospitaal toe geneem, en die mense wat nog daar ronddwaal, word stadigaan deur die polisie huis toe geneem.

"Hier is niks meer te doen nie," sê Drian toe hy en Tessa uiteindelik moeg langs mekaar tussen die rommel sit.

"Jy moet eintlik ook hospitaal toe sodat hulle na jou kop kan kyk."

Hy lig sy vingers en druk versigtig teen sy slaap. "Nee wat, dis nie ernstig nie. Ek sal dit gaan skoonmaak as ek by die losieshuis kom."

"Kom saam met my woonstel toe dat ek dit kan versorg, asseblief?"

Drian kyk na haar, en in sy oë sien sy die uitputting, die skok en ook die verlange. Sy staan op en steek haar hand uit na hom toe. "Kom."

Hy neem haar hand en staan op. Hulle klim in haar motor, maar praat nie 'n woord voordat hulle uiteindelik in haar woonstel is nie.

"Ek dink jy moet eers gaan stort, sodat ons kan seker maak dat daar geen ander beserings is waarvan jy dalk nie bewus is nie."

Terwyl Drian in die stort is, maak Tessa vir hulle elkeen 'n koppie sterk koffie. Vir Drian maak sy toebroodjie daarby. Syself kan kos nie in die oë kyk nie.

Toe Drian klaar gestort het, gaan sy badkamer toe om vinnig te gaan bad.

Drian staan met sy heup teen die vensterbank gestut en die beker koffie in die hand toe sy weer in die sitkamer kom. Uitputting laat sy gesig afgerem lyk.

"Jy lyk gedaan."

"Dit was 'n harde dag. Daar het soveel dinge gebeur," antwoord hy.

"Het jy êrens anders seergekry?"

"Nee."

Tessa ontsmet die plek teen sy slaap en maak seker hy eet die toebroodjies. "Jy moet maar gaan slaap. Die bed in jou kamer is opgemaak."

"Dankie," antwoord Drian, maar hy beweeg nie. Hy bly na haar kyk, en dis met so 'n groot verlange dat Tessa eenvoudig in sy arms instap.

Woorde is nie nodig nie. Hulle lippe sê alles toe hulle mekaar begin soen, en hulle hande oorbrug die afstand wat drie maande se seerkry geskep het.

"Ek kan jou nie weer laat gaan nie," prewel Drian. "Ek het jou so lief."

"En ek het jóú lief," jubel Tessa. Drian dink nie verder aan die man wat hy wéét Tessa liefhet nie. Al waarop hy konsentreer, is haar warm nabyheid, haar liggaam so sag teen syne, en hy weet hy kan dit nie weer verloor nie.

"Behoort dan aan my, en nét aan my. Ek kan jou nie met iemand anders deel nie, Tes. Nie eers jou gedagtes nie."

"Maak my joune," fluister Tessa skor.

Toe Drian haar nagklere van haar lyf afstroop, weet Tessa dat niks meer in hulle pad kan staan nie. Na hierdie nag sal sy en Drian aan mekaar behoort.

Na ure van passie, hartstog en liefde gaan stort
hulle saam en krul dan weer in haar bed op, te moeg
om enigiets anders te doen as om mekaar net vas te
hou en so aan die slaap te raak.

Hoofstuk 8

Toe Tessa haar oë in die skemerdonker van haar kamer oopmaak en besef sy is alleen in haar bed, is sy vir 'n oomblik bang dat dit alles net 'n droom was, maar haar naakte liggaam besweer daardie vrees gou weer.

Sy kyk om haar rond en sien Drian voor die venster staan. Hy kyk so ingedagte deur die venster dat hy haar nie eers hoor opstaan nie.

Sy trek haar kamerjas aan en gaan staan agter hom. Haar arms gly om sy lyf en sy druk haar gesig teen sy rug vas.

"Môre," groet sy en nestel nog stywer teen hom aan.

Hy draai om en vou haar in sy arms toe. Sy oë is sag toe hy na haar kyk. "Môre. Lekker geslaap?"

"Soos 'n droom. Toe ek wakker geword het en jy was nie daar langs my nie, was ek bang dit was alles net 'n droom."

Sy hande gly oor haar rug. "Jy het so maer geword."

"Dit was vir my moeilik om te aanvaar dat jy weg is. Hoekom is jy al op?" praat sy verby dit.

"Ek het gedink oor alles wat gebeur het ... die motorbom, die mense wat skree van die pyn, die chaos..."

'n Rilling gaan deur Tessa se liggaam. "Toe ek die nuusberig gehoor het, was my eerste gedagte dat jy dalk iets oorgekom het."

"Die oomblik toe die ontploffing gebeur het, was dit ook aan jou wat ek gedink het," erken Drian. "En toe ek jou daar tussen die puin oor 'n beseerde sien buig het, het ek vir 'n oomblik gedink dis nie werklik jy nie, dat ek jou bloot in my gedagtes opgetower het omdat ek so na jou verlang het."

"Hoekom het jy dan weggebly? Hoekom het jy nie teruggekom nie?"

"'Trots. Hardkoppigheid. Ek weet nie. Ek wou dit nie aanvaar dat ek jou altyd met iemand se nagedagtenis sou moes deel nie."

"Jy sou my nooit hoef te gedeel het nie."

"Jy het hom liefgehad."

"Ek het hom skaars geken voordat..."

"Voordat hy dood is? Hoe het dit gebeur?"

"Hy ... het verongeluk. Ek wil nie daaroor praat nie, Butch. Dis dinge wat verby is. Ek het hom liefgehad, ja, maar ons het nie werklik 'n toekoms saam gehad nie. Ek sou hom in elk geval ... moes afstaan."

Drian sien in haar oë dat sy die waarheid praat. "Ek kan nie hy wees nie, Tes, maar ek het jou lief. Daaraan moet jy nooit twyfel nie."

"Wys my," sê sy skor.

Sy oë verdonker. Tessa Rossouw is nou syne – syne om lief te hê, ongeag wat in die verlede gebeur het.

Hulle spandeer die res van die dag in die woonstel, nie gretig om hulle nuutgevonde geluk met die buitewêreld te deel nie.

Die aand word Tessa egter dringend uitgeroep en Drian besluit om saam met haar te ry.

"Wat gaan jy nou doen?" wil sy weet toe hulle ry.

"Vir jou by die motor wag terwyl jy besig is."

"Dis nie wat ek bedoel nie. Wat gaan gebeur noudat die restaurant tot niet is? Daar is soveel skade dat dit seker maande gaan wees voordat dit weer oopgestel sal kan word."

"Ek weet Max het nie ernstig seergekry nie. Ek sal hom eers in die hande kry om te hoor of hy my nog êrens wil gebruik. Hy het meer as een restaurant en hy het eendag gesê dat hy sukkel om goeie personeel in die hande te kry."

"Hy is met 'n ambulans daar weg. Miskien is hy nog in die hospitaal. Terwyl ek besig is, kan jy dalk gaan navraag doen."

Hulle spreek af om mekaar weer by die motor te kry, en terwyl Tessa besig is, is die geluk aan Drian se kant. Hy spoor Max in dieselfde hospitaal op, en Max lyk dankbaar om hom te sien.

Hulle gesels 'n rukkie en toe Drian daar uitstap, het hy die versekering dat hy net na 'n ander restaurant oorgeplaas sal word.

In die hospitaalgang keer 'n man hom voor. "Verskoon my, maar ken ek jou nie van êrens af nie?" wil hy weet. "Ek het jou gisteraand by die restaurant gesien waar die motorbom was, en jou gesig het toe ook vir my tergend bekend gelyk, maar ek kan om die dood nie jou naam onthou nie. My naam is Wim Grobler. Dokter Wim Grobler."

Drian voel opgewondenheid in hom roer. "Dokter Grobler, dink asseblief mooi waar u my voorheen gesien het. Dit is vir my ongelooflik belangrik om te weet."

"Ek weet nie, maar noem my Wim, asseblief. Kom jy nie dalk van Kaapstad af nie? Was jy nie daar aan 'n hospitaal verbonde nie?"

"Ek wéét nie. Kan ons gesels as jy 'n oomblik tyd het?"

"Sekerlik. Ek is nou vir 'n tydjie vry. Kom ons stap daar na die kafeteria toe," nooi Wim. "Ons kan daar gesels."

Toe hulle uiteindelik teenoor mekaar sit, kyk Wim fronsend na Drian. "Ek weet nou nog nie wie jy is nie. As ek jou naam hoor, kan dit dalk by my 'n klokkie lui."

"Daarvan is ek ook nie seker nie. Jy sien, ek ly alreeds 'n hele paar maande aan geheueverlies. Ek weet niks van my verlede af nie, behalwe dat ek ten tye van my ongeluk 'n boemelaar was. Die naam wat ek blykbaar gebruik het, was Butch, maar ek is nie eers seker of dit my eie naam was nie."

"'n Boemelaar!" Wim Grobler kan sy ore nie glo nie. Hierdie man voor hom lyk na alles behalwe 'n boemelaar. "Wat doen jy tans?"

"Ek het as bestuurder by daardie restaurant gewerk waar die bom ontplof het. Is dit nie dalk waar jy my voorheen gesien het nie?"

"Definitief nie. Ek het nog nooit daar geëet nie, maar ek het nie vir 'n oomblik getwyfel dat jy 'n dokter was toe ek jou gisteraand daar gesien het nie. Jy het so vaardig en seker van jou saak gelyk."

"Miskien ken ek noodhulp."

"Of miskien wás jy dalk vroeër in 'n mediese rigting. 'n Mens moet dalk op een of ander manier probeer uitvind. Ek glo nie dit kan té moeilik wees nie. Gee vir my 'n nommer waar ek jou kan bel, dan laat weet ek jou as ek iets oor jou onthou. 'n Mens se onderbewussyn is wonderlik. Dit bly mos maar deurentyd aan die werk."

Teleurgesteld dat hy nie werklik iets kon wys word nie, gee Drian vir hom Tessa se telefoonnommer, en met Wim se visitekaartjie in sy sak stap hy terug motor toe om vir haar te gaan wag.

"Jy lyk ingedagte," sê Tessa toe hulle heelwat later weer in die woonstel is. "Is jy moeg?"

Hy glimlag tergend. "Nie só moeg nie, dokter Rossouw. Kom 'n bietjie nader en ek wys jou hoeveel energie ek nog oorhet."

"H'm... Ek dink jy moet liewer jou energie so 'n bietjie spaar, want as ons nie nou iets eet nie, gaan ék nie 'n druppel energie hê nie."

"Dit kan ek glo. Jy het baie gewig verloor die afgelope tyd. Was jy siek? Jy het vanoggend half die onderwerp vermy," wil Drian bekommerd weet.

"Nee. Toe ek gedink het ek het jou verloor, kon ek nie juis weer 'n eetlus ontwikkel nie. Ek het gewerk omdat ek moes en geslaap omdat dit makliker as die werklikheid was."

Hý was die oorsaak van haar pyn, dink Drian skuldig. Sy hardkoppigheid het dit aan haar gedoen. Maar nou gaan hy opmaak daarvoor.

"Dan gaan ek sorg dat jy dadelik weer begin eet. Vandat ons gisteraand hier ingekom het, was kos nou nie juis eerste prioriteit nie, was dit? Sit jy nou daar, dan bederf ek jou vanaand soos wat jy nog nooit bederf is nie."

Tessa laat toe dat hy haar in 'n gemakstoel druk en sug dan dankbaar toe hy haar skoene uittrek en die sitkamerligte doof. Hy bring vir haar 'n koppie tee en gaan dan terug kombuis toe om daar aan die werk te spring, en soos die vorige keer staan sy verstom oor die kundigheid en vaardigheid waarmee hy die ete voorberei.

"As ek nou nie geweet het dat jou trots jou so iets totaal sou laat verwerp nie, sou ek jou maklik gehuur het as my kok," sê sy toe hulle klaar geëet het.

"Moenie idees begin kry nie, dokter Rossouw. As ek vir jou kos maak, sal dit wees oor die plesier daarvan. Maar ás jy nou die energie en krag het om my op een of ander manier te bedank, sal my trots nie in my pad staan om dit te aanvaar nie," terg hy en trek haar orent.

"Ek het so baie geëet dat ek nie glo ek sal in staat wees om–"

"O, jy sal in staat wees, glo my," val Drian haar in die rede en soen haar.

"Jy het definitief een of ander towerkrag in jou lippe," sê sy sag. "As hulle aan my raak, dóén dit net eenvoudig dinge aan my."

"Nou kom ons gaan kyk of ek jou nog meer dinge kan laat doen," prewel Drian.

Tessa skrik haar yskoud toe Drian die nag met 'n verskriklike ruk langs haar orent vlieg. Sy skakel die bedliggie aan.

"Wat is dit?"

Drian vryf verslae deur sy hare.

"Ek weet nie. Ek dink dit was 'n droom. Tes, hoe het jy geweet dat ek die werk in die restaurant sou kon doen?"

Tessa weet met klemmende sekerheid dat die droom wat Drian gehad het, 'n terugflits was.

"Vroulike intuïsie," antwoord sy versigtig.

"En ek kón dit doen, met soveel gemak dat dit byna was asof ek dit jare lank al doen." Hy dink 'n oomblik peinsend na. "Dink jy dis die tipe ding wat ek gedoen het voordat ek 'n boemelaar geword het?"

"Dis moontlik. Ek glo nie geheueverlies beïnvloed die vaardighede wat jy voor die tyd gehad het nie."

"Dit wil sê, as ek in 'n spesifieke rigting studeer het, sou ek daardie soort werk outomaties kon doen as ek in die regte situasie beland het? Soos om instinktief te weet hoe om 'n restaurant te bestuur of om kos te maak?"

"Ek dink so."

"Dan was hy verkeerd en dan was die droom net die nadraai van die gedagte wat hy in my onderbewussyn geplant het."

"Van wie praat jy?"

"Ek het gisteraand 'n man by die hospitaal ontmoet. Dokter Wim Grobler. Ken jy hom?"

"Nie werklik nie. Ek het hom al 'n keer of wat ontmoet, maar ek verneem hy is 'n puik chirurg, maar ... wat van hom?" Tessa se hart klop in haar keel.

Drian frons. "Hy sê hy is byna seker daarvan dat hy my van êrens af ken. Hy kom van Kaapstad af en hy dink dat hy my dalk daar gesien het."

"Wat het jy gedroom?"

"Ek was in 'n hospitaal, maar nie as 'n pasiënt nie. Ek was daar met 'n stetoskoop om my nek. Verspot, nè?" Hy sug. "Kom ons vergeet maar daarvan en slaap verder."

Lank nadat Drian se asemhaling weer rustig is, lê Tessa egter nog wakker. Hoe lank voordat Drian die waarheid uitvind? maal dit deur haar kop. Sou die droom werklik net as gevolg van Wim Grobler se woorde wees, of was dit 'n terugflits?

In die weke wat volg, glo Tessa al meer dat Drian se droom niks beteken het nie. Daar gebeur niks verder wat daarop dui dat hy terugflitse kry nie, en van Wim Grobler hoor hulle nie 'n woord nie. Hulle geluk is volmaak, veral toe Tessa besef sy is swanger.

Sy het Drian onder die indruk gebring dat sy 'n voorbehoedmiddel gebruik omdat sy geweet het dat hy nie sou toelaat dat sy swanger raak nie. Maar sy wóú. Sy weet Drian is ontsaglik lief vir kinders en sy wil só opmaak vir wat hy verloor het as gevolg van haar bedrog.

Sy is egter seker daarvan dat Drian steeds nie baie positief sal reageer op die nuus nie, dus besluit sy om voorlopig stil te bly daaroor. Sy sal weet wanneer die tyd reg is om hom te sê. Gelukkig speel haar liggaam saam en het sy geen probleme met oggendnaarheid nie. Nóg nie.

Na tien weke spat haar lugkasteel egter aan skerwe toe Wim Grobler een aand bel en vra om met Butch te praat.

"Hy is nog by die werk."

"Ag nee," sê hy teleurgesteld. "Ek· het hom belowe dat ek hom sal bel as ek iets omtrent hom onthou."

"Wat het jy onthou?" vra Tessa met 'n doodse gevoel in haar.

"Ek sal graag eers self met hom daaroor wil praat. Hoe laat sal hy tuis wees?"

"Eers om en by middernag."

"Dit maak nie saak nie. Sal jy hom vra om my te bel die oomblik wat hy tuiskom? Ek sal vir sy oproep wag. Hy het my nommer."

"Ek sal die boodskap oordra." Tessa se hande bewe toe sy die gehoorstuk neersit. Wat moet sy doen? Hoe kan sy keer dat Drian die waarheid uitvind?

Vir die eerste keer vandat sy uitgevind het sy is swanger, oorval die naarheid haar, 'n mislike naarheid wat haar uitgeput en bleek het teen die tyd dat Drian tuiskom.

"Wat makeer?" vra hy bekommerd toe hy haar so op die bed sien lê, oombliklik die ene simpatie en toewyding. "My arme klein Tes. Het jy dalk iets onder lede? Wag, ek gaan haal vir jou iets om te drink."

Voordat hy egter daarby kan uitkom, lui die telefoon weer, en Tessa weet met sekerheid dat dit Wim Grobler is.

Drian gesels lank met hom, en toe hy weer by Tessa kom, skitter sy oë van opwinding.

"Dit was Wim Grobler. Hy sê hy het vroeër vanaand gebel, maar jy het natuurlik daarvan vergeet omdat jy so olik voel. Wil jy die goeie nuus hoor?"

"Ja ... natuurlik." Sweet pêrel op Tessa se bolip en voorkop en Drian vee dit teer met 'n klam waslap af.

"Wim Grobler het in Kaapstad studeer en hy het op 'n foto afgekom wat iemand van 'n groep dokters geneem het. Tes, ék is op daardie foto. Besef jy wat dit beteken? Ek is 'n dokter!

"Ongelukkig is daar geen name by nie, maar hy het die naam van die superintendent onthou. Dit was George Alexander. Hy is ook op die foto. Toe hy navraag gedoen het, het hy uitgevind dat dokter Alexander ongeveer tien jaar gelede al oorlede is, maar hy is bereid om vir my die foto te gee. Ek wil so gou as moontlik daarmee Kaapstad toe gaan en gaan uitvind wie ek is."

Toe Drian stilbly, besef hy vir die eerste keer dat Tessa nie so opgewonde soos hy is oor die goeie nuus nie. Inteendeel, dit lyk eerder asof sy sukkel om by haar bewussyn te bly. Haar asem jaag en sy is doodsbleek.

"Tessa? Wat is dit? Wag, ek gaan 'n dokter bel. Ek gaan sommer vir Wim Grobler bel! Hy sal weet wat om te doen."

"Nee!" Tessa probeer orent kom op die bed, maar Drian druk haar ferm plat teen die kussings.

"Ek het nie 'n dokter nodig nie," baklei sy.

"Natuurlik het jy 'n dokter nodig. Kyk hoe lyk jy!"

Sy weet sy kan nie langer stilbly nie. Haar leuens en bedrog het haar uiteindelik ingehaal.

"Wat ek nodig het, is tyd om jou die waarheid te vertel..."

Drian frons. "Waarvan praat jy?"

"Ek ... ek weet jy is 'n dokter. Ek het feitlik reg van die begin af geweet wie jy is."

Sy gesig verstrak. "Jy het geweet ... wie ek is?"

"Ja." Tessa se stem is 'n skaars hoorbare fluistering. "Jy ... jy is Drian Malherbe."

"Drian Malherbe?" Hy staan op en stap soos 'n vasgekeerde dier in die kamer rond, steek dan weer vas en kyk met ongeloof op sy gesig na haar. "Ek verstaan nie. Ek is dié Drian Malherbe? Die een wat veronderstel is om dood te wees?"

Tessa knik, voel dan hoe die naarheid weer in haar keel opstoot. Sy probeer dit terughou, Drian sien dit. Hy pluk haar orent en stoot haar voor hom uit tot in die badkamer, waar hy met 'n afsydige uitdrukking op sy gesig staan en kyk hoe sy 'n paar keer naar word.

Toe sy klaar is, maak hy 'n waslap nat en gee dit vir haar aan.

Sy vee haar gesig af en kom bewerig orent, sonder dat Drian hierdie keer 'n poging aanwend om haar te help. Met bewende hande spoel sy die waslap uit en hang dit weer op.

"Voel jy beter?"

"Ja, dankie."

Hy stuur haar met 'n hand onder die elmboog tot in die sitkamer.

"Ek dink jy moet van voor af begin en my alles vertel."

Tessa gaan sit omdat haar bene haar nie meer kan dra nie. Sy vou haar hande in mekaar op haar skoot, maar selfs dit kan nie die bewing daarin stil nie.

"Ek ... Ons het mekaar op my plaas in die Laeveld leer ken. Jy het vir 'n hond uitgeswaai en 'n rots getref omdat jou bakkie se remme ingegee het. Ek het jou huis toe geneem en die ligte wond wat jy aan jou voorkop opgedoen het, versorg. Ek het jou toestemming gegee om op my grond uit te kamp en jou na 'n geskikte plek toe geneem. Toe ek weer by die huis kom, het ek jou selfoon hoor lui. Jy het dit daar in die kombuis vergeet. Die oproep was ... van jou dogtertjie."

"My dogtertjie? My dógtertjie? Het ek 'n kind?" Drian se stem is byna onherkenbaar skor.

"Twee. 'n Seun en 'n dogtertjie. Buks en Lindie."

"Is ... is ek geskei?"

Tessa skud haar kop. "Nee, maar jy was baie ongelukkig getroud. Ons het baie gou besef ons het mekaar lief en jy wou dadelik vir Chantelle – jou vrou – bel om vir haar te sê dat jy nie teruggaan na haar toe nie, maar ek het jou gekeer. Ek was bang jy verwyt my later omdat jy dan jou kinders gaan verloor."

"Ek neem aan ek het toe tóg nie teruggegaan na haar toe nie, maar hoe het dit gebeur dat ek as 'n boemelaar in die hospitaal beland het?"

"Ek weet nie presies wat daar gebeur het nie. Ek het vir jou 'n brief gestuur om jou te laat weet dat ons mekaar nie weer moes sien voordat jy alles met haar uitgeklaar het nie. Braam het my later gebel en gesê jy is weg, dat hy jou sien ry het, maar dat jy nie eers gegroet het nie. 'n Dag later het hy my gebel met die nuus dat jy verongeluk het ... of so het ons aangeneem."

"Maar iemand moes tog besef het dat dit nie ék was wat in daardie voertuig was nie. 'n Liggaam moet tog uitgeken word. Wie wás dit wat verongeluk het?"

"Dit moes Butch gewees het. Jou ... vrou het die liggaam uitgeken en as joune geïdentifiseer omdat dit jou polshorlosie was. Die gesig was verbrysel en 'n groot deel van die liggaam was onherkenbaar vermink. Daar was geen rede waarom iemand sou twyfel dat dit nie jy was wat in daardie bakkie was nie.

"Braam was saam met my Kaapstad toe vir die begrafnis. Ons was net terug hier in die woonstel toe Braam 'n oproep van een van die plaaswerkers af gekry het om te sê dat die boemelaar wat ook op die plaas ge kamp het, van die rotse afgeval het en dat hulle hom hospitaal toe geneem het."

"Maar dit was nie die boemelaar nie, was dit? Het hy my beroof en toe probeer vermoor?"

Tessa skud haar kop. "Dit sal niemand behalwe jy weet nie. Braam het uitgevind dat jy Johannesburg toe oorgeplaas sou word. Jy het in dieselfde hospitaal gelê waar ek vrywillige diens doen, maar na die hartseer oor jou sogenaamde dood, het ek nie weer daaraan gedink voordat ek weer daar diens gedoen het nie.

"Ek het die aand na jou toe gegaan, maar jy was nog in 'n koma. Die grootste gedeelte van jou gesig was nog toe met verbande en ek het nie 'n idee gehad dat jy nié Butch, die boemelaar, was nie."

"Wanneer hét jy dit besef?"

"Met my volgende diensbeurt, toe die suster my vertel het dat jy jou bewussyn herwin het ... en toe van jou geboortevlek melding gemaak het."

"Maar jy het besluit om die waarheid vir jouself te hou, nie waar nie, Tessa? Jy het my doelbewus laat glo ek is die boemelaar. Maar hoekom? Hóékom?"

Sy kyk op na hom met absolute weerloosheid in haar oë. "Omdat ek jou liefhet. Ek kon nie toekyk hoe jy teruggaan na Chantelle toe en die res van jou lewe ongelukkig bly nie."

"Maar dit maak nie sin nie!" Drian slaan met sy vuis teen die muur. "Jy het gesê ek sou van haar skei ... dat ek jóú liefgehad het!"

"Jou kinders sou jou altyd aan haar gebind het, Drian. Ek het geweet dat jy hulle nooit in die steek sou laat nie, selfs al het jy hulle nie onthou nie. As jy geweet het hulle is joune, sou jy teruggegaan het."

"Ek kan nie glo jy van alle mense kon so koelbloedig wees nie." Hy stap weer 'n paar keer heen en weer, draai dan weer terug na haar toe. "En die werk in die restaurant? Hoe pas dit in by my mediese loopbaan?"

"Jou ouers het 'n restaurant gehad. Jy het my vertel dat jy letterlik in 'n restaurant grootgeword het."

"En dit het jou baie goed gepas," sê Drian met sulke smalende sarkasme dat dit soos 'n lem deur Tessa sny.

"Ek ... ek is jammer."

"Jammer! Jy steel byna 'n jaar van my lewe, jy laat my glo dat ek 'n nikswerd was wat 'n nuttelose bestaan gevoer het, jy onderwerp my kinders aan die pyn en trauma wat my dood noodwendig sou meebring – en jy sê jy is jammer!"

"Ek het jou lief." Dis al verskoning wat sy kan bied.

"Selfs my liefde vir jou was gesteel! Jy het self gesê ek sou nie terugkom na jou toe as ek eers weer my kinders gesien het nie, dus weet jy dat jy my net tydelik bedwelm het. "Ek haat jou, Tessa Rossouw. Ek weet nie hoe jy met jouself kan saamleef nie."

Die woorde slaan haar plat. Dit ruk alle lewe uit haar uit, sodat die wêreld om haar duisel. Sy gryp aan die stoel se armleunings vas, maar sy kan niks doen om te keer dat 'n swart waas haar toevou nie.

Maar Drian sien dit nie, want hy is reeds op pad uit, en Tessa hoor nie die slag waarmee die voordeur agter hom toeklap nie.

Hoofstuk 9

Drian het nêrens om heen te gaan nie. Hy stap deur die strate tot hy 'n hotel kry waarby hy daardie tyd van die nag kan inboek, maar dis 'n mors van geld, besef hy 'n paar uur later. Daar is geen sprake van slaap nie.

Liewe Vader, dink hy desperaat, wat doen hy nou? Hoe gaan hy voort met hierdie ploeterende gemors wat veronderstel is om sy lewe te wees? Hy het nie eers die reg op sy eie naam nie, want volgens wet is hy dood en begrawe!

Maar die grootste slag wat hy moet probeer verwerk, is dat die vrou wat hy liefhet, hom in hierdie gemors laat beland het. Nee, hy het haar nie lief nie, dink hy dan. Binne 'n kwessie van 'n uur het sy daardie liefde laat omswaai in haat, afsku. Dit alles het sy kwansuis in die naam van liefde gedoen. Dis om van siek te word!

Die volgende oggend gaan hy terug na Tessa se woonstel toe om sy klere te gaan haal. Die laaste ding wat hy verwag, is om haar daar te sien, maar sy is daar en sy lyk duidelik nie baie gesond nie.

"Ek het jou nie hier verwag nie," sê hy koud.

"Ek ... ek het gehoop jy kom terug."

"Is dit hoekom jy hier is?" vra hy snedig. "Dan het jy verniet gehoop. Ek is hier om my klere te kom haal."

Hy stap langs haar verby en gaan by die kamer in wat hulle die laaste tien weke gedeel het. Dit neem hom nie lank om sy klere te pak nie. Toe hy badkamer toe stap om sy tandeborsel en skeergoed te kry, is sy daar, weer besig om op te gooi.

Hy frons. "Jy beter dokter toe gaan. Jy lyk nie baie goed nie."

"Dis niks."

"Wel, as dit is wat senuwees en gewete aan 'n mens doen, verdien jy dit, maar ek dink nogtans jy moet iets kry om die naarheid te stop. Jy kan dehidreer as jy nie versigtig is nie."

Hy staan opsy toe sy orent kom en wag tot sy uit is voordat hy ingaan om sy goed in die badkamer te kry. Sy lê in 'n klein bondeltjie op die bed toe hy weer kamer toe gaan om sy tas te gaan haal. In die kamerdeur steek hy vas en kyk fronsend na haar, trek dan sy skouers op en stap uit.

Hy gaan terug hotel toe om sy klere uit te pak, en dan werk toe. Kort-kort dink hy egter aan haar daar waar sy bleek en siek op die bed gelê het. Om sy eie gewete te sus, bel hy naderhand 'n apteek en laat stuur vir haar iets vir maaggriep. Hy glo nie dit kan net spanning wees wat haar só geweldig vang nie.

Eers twee weke later neem Drian 'n besluit oor wat hy moet doen om sy lewe doelgerig in 'n koers te stuur. Hy gaan praat met Max Winter en verduidelik dat hy vir 'n onbepaalde tyd Kaapstad toe moet gaan.

"Ek kan nie eers belowe dat ek sal terugkom nie, Max. Miskien is dit beter dat ek my bedanking indien, dan kan jy iemand anders in my plek kry."

"Nonsens," vee Max sy voorstel plat. "Jy het baie vir my beteken toe ek jou nodig gehad het met die gemors wat die motorbom vir my veroorsaak het. Neem nou betaalde verlof vir 'n maand. As jy nog langer wil wegbly, maak ons dit verder onbetaalde verlof, maar jou plek sal oop wees vir jou as jy wil terugkom."

Die volgende stap is om Braam Coetzee te kontak en 'n beëdigde verklaring van hom te vra wat sal bevestig dat hy wat Drian Malherbe is, nie die oorsaak daarvan was dat iemand anders in sy plek begrawe is nie. Daarvoor is hy genoodsaak om Tessa te bel sodat hy Braam se nommer kan kry. Hy doen dit kortaf sodat sy geen illusie oor sy oproep kan hê nie.

"Voel jy al beter?" vra hy tog nadat hy die nommer gekry het.

"Moenie maak asof jy omgee nie, Drian. Verskoon my. Ek moet gaan werk."

Drian haal sy skouers op en bel vir Braam.

"'Tessa het my gesê dat jy nou die volle waarheid weet, Drian, en ek is bly. Wat sy gedoen het, was nie reg nie, maar sy het dit gedoen omdat sy jou liefhet."

"Ons het klaarblyklik nie dieselfde idee van liefde nie," knip Drian Braam se verskonings vir Tessa se dade kort.

"Weet sy jy gaan terug Kaapstad toe?"

"Nee. Buiten dat ek haar gebel het om jou nommer te kry, het ek geen kontak met haar nie."

"Dan sal jy ook seker nie daarin belangstel om te weet dat dit nie baie goed gaan met haar nie. Ek en Brenda was in die week een aand daar by haar en sy lyk skrikwekkend. Van 'n dokter wil sy egter niks weet nie. Sy sê sy is self een en dat sy haarself kan behandel as dit nodig is."

"Dan is sy nog steeds siek?" Drian voel bekommerd, maar hy onderdruk die gevoel met mening. "Sy sal wel hulp kry as dit nodig is."

"Ek het vir Tessa gesê sy speel met vuur toe ek uitgevind het wat sy doen. Vir jou wil ek nou vra om na te dink oor wat jy nou doen."

"Ek het klaar gedink. Dis nou tyd om op te tree, daarom gaan ek Kaapstad toe. Ek moet gaan vasstel of ek nog 'n plek in my gesin se lewens het."

Braam sug. Aan Drian is daar geen salf te smeer nie, dit is duidelik. Die bitterheid oor wat Tessa gedoen het, is te groot om ruimte te laat vir vergifnis. "Ek sal sorg dat jy so gou as moontlik die verklaring kry."

Met die verklaring in sy besit is Drian 'n paar dae later gereed om Kaapstad toe te gaan, om te gaan

soek na die lewe wat hy tot 'n jaar tevore nog gehad
het.

Hoofstuk 10

Drian klim uit die taxi en staan lank en kyk na die groot gewelhuis wat soos 'n monument in die statige tuin staan. "Dis dan hoe my huis lyk," prewel hy. "Dis die plek waar ek saam met 'n vrou en kinders gebly het."

"Ekskuus, Meneer? Het meneer iets gesê?" vra die bestuurder van die taxi en ruk Drian daarmee terug na die werklikheid.

"Nee. Ek praat sommer met myself. Hoeveel skuld ek?"

Hy betaal die bedrag, beduie vir die ouman dat hy maar die kleingeld kan hou en kyk dan die motor agterna. Wel, nou is daar geen omdraaikans meer nie, dink hy met 'n diep sug.

Hy stap stadig met die kronkelende tuinpaadjie aan tot by die geteëlde stoeptrappies. Nêrens is daar iets wat vir hom bekend lyk nie, niks wat vir hom 'n aanduiding gee dat hy tot 'n jaar tevore nog hier gewoon het nie.

Hy stap met die trappies op en lui die groot koperklok wat langs die voordeur hang. Dan wag hy gespanne dat iemand moet oopmaak.

Hy het geen idee wie die swart vrou is wat uiteindelik die deur oopmaak nie, maar dis baie duidelik dat sy hóm herken. Sy gee 'n harde, deurdringende gil en sak dan voor Drian se voete inmekaar.

Hy sak af op sy hurke en lig haar kop op om vas te stel of sy seergekry het.

"Wat gaan hier aan? Wie is jy en wat wil jy hê?" vra 'n koue stem bokant hom.

Drian kyk op en sien dan hoe die beeldskone vrou se gesig verbleek. Hy kom orent en kyk na haar. Sy oë fynkam haar gesig terwyl hy na 'n trekkie van bekendheid soek.

Daar is weereens niks, maar ook sý herken hom.

"Nee... Nee, dit kan nie wees nie... Dit kan nie jy wees nie! Jy is dood!" prewel die vrou skor en tree agteruit asof sy bang is dat hy iets aan haar gaan doen.

"Chantelle?" waag Drian 'n raaiskoot. "'Is jy Chantelle Malherbe?"

Daar huiwer 'n trek van verligting op haar gesig, maar sy bly nog steeds wasbleek. "Wie ... wie is jy?" wil sy weet, haar stem nog hees van skok.

"Ek dink jy weet."

Sy skud haar kop. "Jy ... jy lyk soos ... Drian, maar dit kán nie wees nie. Drian is byna 'n jaar gelede al dood en begrawe."

"Nee, ek is nie dood nie. Kan ek inkom sodat ons kan praat?"

"Nee! Ek weet nie wie jy is nie, maar jy is nie Drian nie!" gil sy toe sy besef dat dit hy móét wees. Haar stem is skril en dis duidelik dat sy op die drumpel van histerie is.

"Chantelle? Wat gaan aan? Wie is daar by die deur?" vra 'n man, en oomblikke later verskyn sy gesig om die deur. Hy staar geskok na Drian en vou sy arm in 'n beskermende gebaar om Chantelle se skouers.

"Wie is jy?" wil hy weet, maar Drian kon duidelik sien dat hy hom ook onmiddellik herken het.

"Ek ís Drian Malherbe. Kyk, ek weet julle is geskok omdat julle gedink het ek is dood, maar ek dink dis belangrik dat ons praat. Kan ek inkom?"

"Nee!" roep Chantelle weer uit, maar die man praat paaiend met haar.

"Laat hy inkom sodat ons kan hoor wat aangaan, my skat. Ons het nie werklik 'n keuse nie."

Uit die manier waarop die man Chantelle aanspreek, kry Drian duidelik die boodskap dat niemand hier oorloop van blydskap omdat hy terug is nie.

Hy buk af en tel die bewustelose vrou wat tussen hulle op die vloer lê op. "Is daar iemand wat haar kan versorg terwyl ons praat? Ek glo nie sy het seergekry nie. Sy behoort nou enige oomblik by te kom."

"Bring haar hierheen," beveel die man.

Hulle stap voor Drian uit en so in die verbygaan vee sy oë oor alles. Dit lyk deftig, maar koud.

"Lê haar hier op die bed neer. Een van die ander huishulpe kan hier by haar kom sit totdat sy bykom." Hy druk 'n knoppie teen die muur en Drian hoor êrens 'n klokkie lui.

"Kom ons stap sitkamer toe," sê die man dan.

Hulle stap weer voor Drian uit tot in 'n deftige sitkamer.

"Sit," beveel hy en draai dan weg om vir hulle elkeen 'n glas brandewyn in te gooi. "Sal jy iets drink?" vra hy oor sy skouer.

"Nee, dankie."

Hy gaan sit uiteindelik langs Chantelle en vou dadelik weer sy arm om haar skouers nadat hy die drankie vir haar gegee het. Haar hande bewe so dat sy die glas met albei hande moet vashou terwyl sy drink.

"Wie is jy?" vra Werner weer.

"Ek weet dis moeilik om te glo en te verwerk, maar ek is werklik Drian Malherbe. Wie is jý, as ek mag vra?"

"Dit kan nie Drian wees nie, Werner. Hy weet nie wie jy is nie en hy het ook nie dadelik geweet wie ék is nie."

"Werner?" vra Drian. "Dan was jy my vennoot?" Hy dink aan die gemaklike manier waarop Werner waarskynlik beheer oor die situasie geneem het. "Is jy met Chantelle getroud?" vra hy.

"Nee, nog nie, maar ons ... beplan om oor twee maande te trou. Maar as jy lewe, is dit seker nie so eenvoudig nie. Waar was jy die hele jaar? Hoekom het jy nóú hierheen teruggekom en hoekom ken jy ons nie?"

"Ek ly aan geheueverlies. Ek het blykbaar byna 'n jaar gelede op 'n plaas uitgekamp, waar ek van hoë rotse afgeval het ... of gestamp is. Naby waar ek gekamp het, was daar 'n boemelaar. Oor watter aandeel hy in my ongeluk gehad het, kan ons net bespiegel, maar hy het daardie dag in my bakkie geklim en met my karavaan weggery, met my polshorlosie aan sy arm. Ek kan dus met sekerheid sê dat hy my beroof het."

"Dis aan daardie polshorlosie wat ons jou uitgeken het. Jou ... die liggaam was baie erg geskend en totaal onherkenbaar. Die gesig was so verbrysel dat 'n mens ook nie deur middel van tanderekords sou kon vasstel of dit werklik jy was nie," lig Werner hom in. "Nie dat ons enige rede gehad het om te twyfel nie. Hoekom sou ons?"

"Ek verstaan. Dieselfde tyd wat julle gedink het julle begrawe my, het een van die plaaswerkers op my afgekom. Hulle het eenvoudig aangeneem dat ek daardie boemelaar was en my hospitaal toe geneem, maar hulle kon nie daar veel vir my doen nie. Ek is met bloeding op die brein na Johannesburg toe oorgeplaas. Die bloeding is gekeer, maar ek het nog 'n hele ruk daar in 'n koma gelê. Toe ek uiteindelik wakker word, het ek niks van myself af geweet nie. Ek moes glo dat ek die boemelaar was."

"Waar ... waar was jy intussen?" vra Chantelle vir die eerste keer.

Drian huiwer 'n oomblik en besluit dan om niks van Tessa te sê nie. Dit is genoeg straf dat sy met haar gewete sal moet saamleef.

"Een van die dokters het my huisvesting aangebied en my gehelp om op my voete te kom. Ek het werk gekry as 'n bestuurder in 'n restaurant."

Werner frons. "As jy nog steeds nie jou geheue herwin het nie, hoe het jy geweet van Chantelle, van die lewe wat jy hier gehad het?"

"'n Man wat jare gelede hier in Kaapstad studeer het, het my gesig herken. Daarna het die waarheid uitgekom oor wie en wat ek is. Dis sekerlik net menslik dat ek hierheen sou kom."

Chantelle staan op en gluur vyandig na hom. "Jy moes gebly het waar jy was. Jy gaan ons lewens vernietig en almal hier omkrap."

"Omdat jy bang is dat ek jou huwelik met Werner sal probeer keer?" Drian hou nie van haar nie. Sy is 'n koue en klaarblyklik uiters selfsugtige mens wat hom nie die reg gun om sy eie naam te probeer terugkry nie. Hy kan baie goed verstaan waarom hy nie gelukkig getroud was met haar nie, en as Tessa reg was, sou hy na haar toe teruggekom het. Tessa het die ongeluk 'n bedekte seën genoem...

"Noudat ons weet jy lewe nog, sal 'n huwelik met Chantelle onwettig wees. Of is jy bereid om terug te gaan Johannesburg toe en te vergeet dat jy eens op 'n tyd Drian Malherbe was?" daag Werner hom uit.

Drian skud sy kop. "Nee, dit kan ek nie doen nie. Dit was vir my 'n jaar van hel om so sonder identiteit te wees. Noudat ek weet wie ek is, gaan ek nie weer Butch, die boemelaar, word nie."

"Ek het dit geweet!" kerm Chantelle en sit haar hand oor haar oë.

"Maar ek is bereid om van jou te skei sodat jy werklik en wettiglik vry kan wees om met Werner te trou."

Chantelle bly stil en kyk verbaas na Drian. "Jy ... sal jy dit doen? Hoekom? Wat wil jy daaruit kry?"

Wil hy iets van hulle hê? wonder hy. Nee, hy glo nie.

Hy skud sy kop. "Niks. Ek het my eie lewe in Johannesburg. Na wat ek verneem het, was ons nie gelukkig getroud nie. Hoekom sal ek nou in jou pad wou staan?"

"Dis jy wat nooit gelukkig was met ons lewe nie. Jy wou altyd dwars wees!" beskuldig Chantelle kwaad.

"Het jy my liefgehad, Chantelle?"

Haar gesig verstil. "Nee, ek het jou nie liefgehad nie"" erken sy dan eerlik.

"Dan hoef ons mos nie verder daaroor te redeneer nie. Wat verby is, is verby. Ek sal net julle hulp nodig hê om as die werklike Drian Malherbe geïdentifiseer te word. Maar ek glo nie daar behoort 'n probleem te wees nie."

"Dit gaan die kinders omkrap om te weet jy lewe. Dit was vir Lindie baie moeilik om jou dood te verwerk." Sy bly ongemaklik stil. "Dis ... ons dogter."

"Ek weet," antwoord Drian stil. "Ek het gehoor ons het twee kinders."

"Wel, Lindie was emosioneel heeltemal onstabiel na jou dood. Sy begin dit nou eers aanvaar en aanpas omdat Werner alles in sy vermoë gedoen het om dit vir haar makliker te maak."

Drian weet wat Chantelle vir hom probeer sê: dat hy moet teruggaan Johannesburg toe en vergeet dat hy twee kinders het.

"Is hulle ... gelukkig?" vra hy skor.

"Ja. Hulle het nou aangepas en hulle is klaar baie lief vir Werner."

"Dan sal ek hulle nie omkrap nie," neem Drian seker die moeilikste besluit van sy lewe net daar. "Miskien ... as hulle eendag groot is, kan hulle die waarheid hoor. Dis iets waaroor jy maar self moet besluit. Maar ek sal hulle net graag wil sien voordat ek weer weggaan. Net op 'n afstand."

Chantelle huiwer 'n oomblik en kyk dan hulpsoekend na Werner.

Hy knik. Hy verstaan wat Drian bereid is om op te offer om sy kinders gelukkig te hou, en hy het respek vir hierdie wens van hom.

"Lindie is vanmiddag by haar balletklas. Daar is 'n eenrigtingspieël waardeur ouers hulle kinders kan dophou. Sy sal jou nie sien nie. Ons kan nou soontoe gaan," stel Chantelle huiwerig voor.

"Dankie."

Drian ry saam met hulle. "Sal hier nie van die ander ouers wees wat my sal herken nie?" vra hy.

"Ek sal eers gaan kyk, maar die ander kinders in Lindie se klassie is heelwat ouer as sy. Sy is 'n uitstaande klein danseressie."

Na 'n paar minute beduie Chantelle vir hom dat hy haar moet volg.

Deur die eenrigtingspieël kyk hy na die tiental danseressies, maar geeneen van hulle lyk vir hom bekend nie.

"Ek weet nie hoe sy lyk nie," fluister Drian skor.

"Sy staan daar teen die muur," sê Chantelle en beduie. "Sy wag nog vir haar beurt om die reeks passies te doen. Kyk, daar kom sy nou."

Met haar gesig reg na hom toe gedraai, kan Drian sien dat sy dogter sy ewebeeld is. Hy trek sy asem skerp in toe sy begin dans en veg teen die pyn wat fel deur hom sny. Dis sy kind wat daar dans. Sy kind wat moes swaarkry omdat sy gesukkel het om sy dood te aanvaar ... en van wie hy moet wegstap sodat sy kan aangaan met haar lewe.

"Sy ... sy is pragtig." Die woorde klink vreemd uit sy eie mond en hy moet veg teen trane wat dreig om hom te oorweldig.

Lank staan hy en Chantelle na haar en kyk, die dogter wat hulle tog op 'n manier aan mekaar bind, al het hulle mekaar nie lief nie.

"Ons moet nou gaan. Haar klas eindig binnekort en ek wil nie die kans waag dat sy ons hier kan sien nie. Sy ry saam met iemand anders vandag na 'n maatjie se partytjie toe."

Drian wil gil toe hy moet omdraai en wegstap, maar hy weet hy kan nie anders nie. Vader, sy is so broos en klein, hy durf nie haar lewetjie omvêrgooi nie.

"En Buks?"

"Hy is by 'n rugby-oefening. Ons kan 'n entjie van die veld af stilhou en kyk, maar ons kan dit nie te naby waag nie," waarsku Werner. "Hy verwag ons egter nie daar nie, dus sal hy nie oplet na die motors om die veld nie."

Hulle ry tot by die rugbyveld. "Daar is hy," sê Werner en beduie met sy vinger. "Hy is 'n seun waarop mens kan trots wees."

Drian voel emosioneel uitgemergel terwyl hy na die seuntjie kyk wat gereeld die bal in die hande kry. Sy seun.

Uiteindelik skakel Werner die motor aan en ry weg. "Waarheen nou?"

"Ek gaan tuis by 'n hotel in die middestad. Ek sal bly wees as julle my soontoe kan neem. Julle kan my môre bel sodat ons 'n prokureur kan kry om alles so vinnig as moontlik af te handel."

Dit neem ses weke voordat alles uiteindelik afgehandel is. Chantelle kan met Werner trou en Drian het sy naam terug. Hy kan teruggaan Johannesburg toe en met sy lewe daar probeer voortgaan. Chantelle het selfs daarop aangedring dat daar 'n stewige bedrag in sy bankrekening inbetaal word, al wou hy niks van hulle hê nie, maar hy het geweet dat dit haar manier sal wees om haar dankbaarheid te betoon dat sy van hom ontslae is.

Hy kyk 'n laaste keer deur die hotelkamer om seker te maak dat hy niks vergeet het nie, en tel dan sy baadjie op om dit aan te trek. Sy tasse is alreeds ondertoe om in Werner se motor gelaai te word.

Chantelle wag totdat hy in die motor sit voordat sy 'n koevert na hom toe uithou. "Ek het gedink jy sal 'n paar foto's van die kinders wil hê. As jy vir my jou adres stuur, sal ek jou so van tyd tot tyd op hoogte bring van hulle doen en late."

"Ek sal dit baie waardeer. Dankie."

Hy sit die koevert in sy sak sonder om dit oop te maak. Hy sal later wanneer hy alleen is daarna kyk.

Op die lughawe groet hy Chantelle en Werner by die motor. "Moenie saam met my stap nie."

Werner steek sy hand uit. "Ek kan net dankie sê, Drian, en voorspoed vir die toekoms."

"Dankie. Dieselfde vir julle." Chantelle slaan onverwags haar arms om sy nek en soen hom op die wang toe hy na haar toe draai om te groet. "Ek sal nooit vergeet wat jy vir ons gedoen het nie."

Dit voel vreemd om weer 'n sagte, vroulike liggaam teen hom te voel, al is dit dan ook 'n vrou s'n vir wie hy niks voel nie. Skielik verlang hy intens na Tessa, veral omdat hy nou weet sy was reg: hy sou 'n lewe van liefde verruil het vir 'n ongelukkige bestaan, net ter wille van sy kinders. Maar nou het hy hulle ook verloor. Hy het alles verloor. Alles behalwe sy naam.

"Wees net gelukkig," sê hy skor voordat hy omdraai en wegstap.

Daar is niemand wat hom op die lughawe in Johannesburg kom haal het nie, want niemand het geweet hy kom vandag terug nie.

Sy hotelkamer laat hom op 'n manier dink aan die huis in Kaapstad. Al is daar geen deftige en duur meubels in nie, is dit net so koud en strak. In Tessa se woonstel was daar warmte en sonskyn ... en liefde.

Of was daar?

Toe hy die dag daar uit is, was daar net pyn op haar gesiggie te lees, maar toe het dit geen indruk op hom gemaak nie. Hy was kwaad omdat sy 'n jaar van sy lewe gesteel het en hy het dinge gesê omdat hy haar doelbewus wou seermaak. Nou kan hy egter nie die pyn en verlatenheid vergeet wat hy daar gesien het nie.

Hy gaan die volgende dag terug werk toe en Max verwelkom hom terug soos 'n langverlore seun en meteens voel hy tuis. Johannesburg het vir hom 'n tuiste geword, want hier het hy eers werklik begin lewe. Van wat hy in Kaapstad gesien het, sou hy nooit daar gelukkig kon wees nie.

Dit is wat Tessa ook gesê het. Dis hoekom sy besluit het om hom 'n leuen te laat lewe. En hy het haar daaroor verwyt.

Miskien kry hy eendag sy geheue terug. Hy weet nie. Maar wat hy wel weet, is dat hy nooit na sy ou lewe sal kan terugkeer nie. Wíl terugkeer nie. Drian Malherbe, die geneesheer, is dood.

Die hotelkamer druk hom vas, en laatnag druk hy die deur agter hom toe. Hy vlug behoorlik daaruit en gaan soek vrede vir sy deurmekaar gemoed tussen die mense wat nog op die sypaadjies rondloop. Dit laat hom egter net nog meer alleen voel.

Na ure se ronddwaal steek hy vas toe hy besef waar hy is. Hy kyk teen die hoë gebou op tot waar hy haar lig sien brand. Dit is haar slaapkamerlig, dus is sy nog wakker.

Hy stap om die hoek en by die portaal van die woonstelgebou in. Voor die hysbak steek hy vas. Durf hy soontoe gaan en aan haar deur gaan klop? Hy het haar twee maande laas gesien. Sy was siek van skok toe hy die aand hier weg is, en Braam het twee weke later gesê dat sy nog steeds siek was.

Hy het gesê sy verdien dit, dat dit haar gewete is wat haar so laat voel, maar nou weet hy dat dit skok was. Sou sy al die aantygings wat hy teen haar kop gegooi het, verwerk het? Besef het dat hy dit in 'n oomblik van woede gesê het?

Hy dink nie verder nie. Hy dink ook nie toe hy voor haar deur gaan staan nie. Hy lig eenvoudig sy hand en druk die klokkie.

Sy vat lank om te kom oopmaak en Drian wonder of sy tog dalk al geslaap het. Maar dan hoor hy haar.

Sy hart ruk in sy keel toe sy voor hom staan. Sy is kaalvoet en het 'n gemaklike sweetpak aan, maar dit steek nie die feit weg dat sy heelwat skraler is as toe hy haar laas gesien het nie.

Haar gesig is wasbleek toe sy hom daar voor haar sien staan. "Drian!"

"Ek was bang jy slaap al."

Sy vou haar hande beskermend om haarself en staan terug asof sy bang is om naby hom te staan. "Wat doen jy hier?" vra sy behoedsaam.

"Ek het gister van Kaapstad af teruggekom. Ek en Chantelle is amptelik geskei en ek het my eie identiteit terug."

"Hoekom het jy teruggekom hierheen? Hoekom het jy nie daar gebly nie?"

Dis byna dieselfde woorde as wat Chantelle gebruik het, maar waar daardie woorde in selfsug gesê is, is Tessa se woorde uit liefde gebore, want sy weet hoe lief hy sy kinders gehad het.

"Jy het vir Braam gesê dat ek die enigste man is wat jy ooit sal kan liefhê. Het jy dit bedoel?"

Daar is momenteel blydskap in haar oë, maar dan sak die skerm van behoedsaamheid weer terug. Maar nie vinnig genoeg om te keer dat Drian die seer daarin sien nie.

"Ja. Maar jy het óók op 'n tyd gesê dat jy my liefhet, en dit het verander in haat."

"Kan ek inkom?" Hy vra meer as om net by haar woonstel ingelaat te word.

"Hoekom?"

"Omdat ek vir jou wil sê dat ek jou nié haat nie. Dat ek jou liefhet en dat ek nie sonder jou kan lewe nie... Kan ek nóú inkom?"

Sy huiwer.

"Asseblief, Tes?"

"Ek het 'n jaar van jou lewe gesteel met my leuens en bedrog. Ek het jou van die voorreg beroof om jou kinders se pa te wees. Hoe sal jy dit ooit kan vergeet?"

"Jy het dit gedoen omdat jy my liefhet. Ek verstaan dit nou, al het ek jou vroeër daaroor verwyt. As ek teruggegaan het, sou ek die res van my lewe sielsongelukkig gewees het, en daardeur my kinders meer skade as enigiets anders aangedoen het."

"En ... die kinders?"

Hy kan nie die pyntrek verdoesel wat oor sy gesig flits nie. "Ek het hulle op 'n afstand gesien, maar Chantelle moes vir my wys wie hulle is. Ek het hulle nie geken nie. Hulle het aanvaar ek is dood, en Werner Scholtz in my plek gestel. Hy trou oor 'n week met Chantelle. Hulle het nou hulle lewe, en ek myne

... saam met jou ... as jy my wil hê. Ons sal ons eie kinders hê."

Hy stap oor die drumpel en stoot die deur toe. Toe hy weer na haar kyk, is Tessa se gesig vertrek soos wat sy geluidloos staan en huil. Dis meer as wat Drian kan verduur. Hy tree vorentoe en vou sy arms om haar, en toe hy haar liggaam so styf teen syne voel, word hy bewus van die onmiskenbare ronding van haar buik. Die besef ruk deur hom.

"Jy is swanger!" roep hy skor uit.

Sy knik. Die snikke skeur uiteindelik deur haar liggaam; rou klanke van alles wat net te veel is om in te hou.

Drian probeer nie met haar praat nie. Hy hou haar net stywer vas en soen later die trane van haar wange af weg. Nog later tel hy haar op en stap met haar na haar kamer toe. Hy gaan sit met haar op sy skoot op die kant van die bed en sus haar soos wat 'n mens 'n klein kindjie sal sus. Sy raak eindelik stil, maar bly uitgeput teen hom lê.

"Jy het vir my gesê dat jy 'n voorbehoedmiddel gebruik."

Sy kyk na hom en verwag om weer woede oor nóg 'n leuen op sy gesig te sien, maar daar is net verwondering.

"Ek weet," antwoord sy sku. "Dit was nog 'n doelbewuste leuen, maar ek wóú swanger raak. Ek wou op 'n manier vir jou teruggee wat jy verloor het."

"Jy moes al geweet het toe ... toe ek weg is. Hoekom het jy niks gesê nie? As ek geweet het, sou ek nooit gegaan het nie."

"Daar was soveel spanning in jou ... tussen ons. Ek weet jy sou gebly het, maar jy sou my dan altyd bly haat het. Ek kon jou nie op dieselfde manier aan my bind as wat Chantelle jou aan haar gebind het nie."

"Dis nou alles verby en ek is bly. Ek móés teruggaan Kaapstad toe om daardie deel van my lewe af te sluit, om die Drian Malherbe te gaan vind wat ek 'n jaar gelede verloor het. Maar ek het meer as net dit gevind, Tessa. Ek het die genade gevind om werklik te kan liefhê, om ware liefde met albei hande aan te gryp en dit as die kosbaarste ding in my lewe te troetel."

"En jou loopbaan as geneesheer, Drian? Sal jy daarmee kan voortgaan soos voorheen?"

Hy dink 'n oomblik na. "Ek kan, ja, maar–"

"Dan kan jy verder studeer!"

"... maar ek glo nie ek wil nie," voltooi hy sy sin. "Ek hou van die rigting waarin ek nou is. Ek dink ek moet miskien vir Max Winter nader en uitvind of ek nie die restaurant kan koop nie."

"Ek dink jy gaan spyt wees. Toe ek jou leer ken het, het jy 'n onderdrukte droom gehad om méér in die lewe te word as net 'n algemene praktisyn. Nou het jy die kans. Hoekom nou daarvan wegdraai?"

"'Tes, my lief, ek dink as 'n droom te lank onderdruk word, gaan dit dalk heeltemal tot niet. Miskien sal ek eendag spyt wees. Ek weet nie. In hierdie stadium het ek egter geen drang om terug te keer na 'n hospitaal toe nie."

Sy huiwer nog, bang om alles net so te aanvaar. "Dis jou besluit, Drian, maar wat gaan gebeur as jy dalk eendag jou geheue herwin? Gaan jy my nie dan verantwoordelik hou vir wat jy verloor het nie?"

Drian sien die twyfel op haar gesig, in haar oë, en hy weet dat sy dit nog steeds moeilik vind om haar verkeerde optrede teenoor haarself te regverdig.

"Tes, wat jy gedoen het, kan ek nie goedpraat nie, maar ek verstáán hoekom jy dit gedoen het," sê hy baie eerlik. "Niemand kan sê of ek eendag weer my geheue sal herwin nie, maar ek kan nie toelaat dat dit my die res van my lewe ontneem nie – 'n lewe wat ons albei wil hê. Kom ons probeer nou die verlede vergeet. Ons het 'n toekoms om voor te leef. Kan jy dit so aanvaar?"

Tessa se oë blink. "Ja... Ja, ek kan dit so aanvaar," antwoord sy skor, oneindig dankbaar oor sy vergifnis, al is dit ook onverdiend.

Drian trek haar nader en vou sy arms styf om haar. "Goed, laat ons dan nie verder daaroor praat nie. Ons het beter dinge om te doen en baie verlore tyd om in te haal."

Toe hy haar soen, weet Tessa hy is reg: dit lê alles in die verlede. Vir hulle is daar nou uiteindelik 'n toekoms vol liefde saam.

www.ingramcontent.com/pod-product-compliance
Lightning Source LLC
Chambersburg PA
CBHW071955150726
47999CB00001B/448